Immagine di copertina ed elaborazione grafica: Emanuela Franceschin, logo: Emanuele Tagliaferri, elaborazione grafica: Antonio Tarantello.

Labirinto

Emanuela Franceschin

Dedica

A mia madre

Prefazione

Emanuela è una che, nelle cose, si butta.

Una persona dall'entusiasmo discreto, non invadente, ma deciso.

Certamente nel gruppo Palestra di Scrittura Creativa e Stile Gratuita valorizziamo le competenze, che ci servono, ma valorizziamo anche la voglia di fare, talvolta l'incoscienza che c'è nella voglia di fare, che non porta a guardare la montagna, ma a fare il primo passo per scalarla.

Quell'idea ha spinto Emanuela a dirmi: «Voglio fare le copertine perché mi piace.» e me a dire: «Ok, prova.»

E da lì ha scoperto che oltre a piacerle... piace!

Quando parte, di copertine, ne fa tante, poi coinvolge il gruppo per scegliere e gestisce il tutto, li sprona, li stuzzica... Insomma, un vulcano.

Quando scrive non sono mai storie banali, sotto nessun aspetto.

Se potessi vorrei quante più Emanuela possibili, ma già averne una è una fortuna.

Marco Corsa, Palestra di Scrittura Creativa e Stile Gratuita

Indice

Ringraziamenti

Desidero esprimere un sincero grazie a tutti i lettori che dedicheranno il loro tempo ad ascoltare la storia di Berenice e scoprire che c'è un pizzico di lei in ognuno di noi. Senza la vostra curiosità e il vostro interesse, questo libro non avrebbe ali. Vorrei inoltre ringraziare me stessa per l'impegno, la costanza e il mio mondo creativo; senza di loro, sarei persa.

Un grazie di cuore a mio marito Claudio e al figlio Matteo per il loro costante ascolto e incoraggiamento. Alla sorella Fedora, che con la sua vicinanza mi ha sempre spronata a dare il meglio di me stessa.

Un ringraziamento speciale va allo scrittore, esperto di narratologia Marco Corsa e a tutto il gruppo della Palestra di Scrittura Creativa e Stile Gratuita, per aver reso possibile il mio viaggio nella scrittura. La vostra guida e il vostro supporto sono stati inestimabili.

Un grande grazie con un abbraccio all'autrice e editor Marika Ascolese, che senza modificare la voce della protagonista, ha dato degli ottimi suggerimenti.

Labirinto

Emanuela Franceschin

Introduzione

Sono passati circa due anni, oggi è il trenta di ottobre,

mentre attendo il gelato... ti penso.

Uomo.

Dai colori e sentimenti estremi.

Voce.

Strumento di persuasione e a sua volta eri stato persuaso.

Creatura.

Un insieme di pace e allucinazione, pianto e riso, carnefice

e vittima.

Storia.

Sai, io ci avevo creduto fino in fondo, non importava

quanto dissennata e

inammissibile avrebbe potuto essere.

È stata la mia grande storia d'amore.

Tac.

Ricordo benissimo il momento in cui il mio cervello aveva

deviato un ingranaggio.

All'improvviso un primo e insospettabile TAC. E divenni

folle, divenni bella,

divenni lei per te.

Senz'altro

È bastato talmente poco da sorprendermi.

Certo.

Attendevo quel primo tuo sguardo, quel piccolo sorriso che mi ha cambiato l'esistenza.

Dichiari.

Avrei dovuto ignorarlo? Avrei dovuto non considerarlo?

Impossibile!

Cuore.

Il mio batte ancora, il tuo era solo un gran bel disegno.

Adesso.

Raccolto il bene e lasciato il male, sono felice.

Affermo.

Oggi nessuna bocca ti ha nominato.

Oggi alcuno si ricorda di te.

Tuttavia.

Ricordano Berenice.

Il mio nome.

È arrivata Stefania, porta in trionfo il mio cono-gelato; finché io lo gusterò voi assaporate la mia storia…

Capitolo 1

Un urlo mi desta, comprendo che proviene da me.

Guardo attorno e lascio posto al pianto.

I pensieri si susseguono, la questione è: come ho fatto a smarrire me stessa?

Ultimamente, ho lasciato agli altri il compito di correggere la mia esistenza.

Il dolore è profondo, oltre alla pelle. E nonostante tutto, ti amo.

Attendo sempre le tue parole, il tuo sguardo su di me, quello che mi ha portato alla vita.

Ero stanca di nascondere la vera me.

E sei arrivato tu per liberarmi e custodirmi come fossi una perla preziosa.

Non vedo l'ora di fare il percorso e arrivare nel centro: sono pronta.

Tu felice sarai lì ad aspettarmi.

Sembra incredibile, ma questo mi ha permesso di conoscermi, di togliere i panni e di diventare uno "scarabeo". In questo inatteso gioco le ali si sono spezzate, tra le dita ho il sangue, lo sento fluido, caldo. Le stesse dita asciugano il mio pianto.

Non è da tanto che ho ricevuto un rimprovero, era necessario: avevo sbagliato.

Laggiù, allacciata alla caviglia, ho il tuo legame.

Sento che la mente vacilla, provo vertigini, non so più dov'è la realtà.

Cosa mi impedisce di essere felice? Ho tutto quello che volevo, eppure…

Questa domanda che mi pongo si espande dentro a questo posto dimenticato da Dio. Una stridula mia risata rompe il pesante silenzio della stanza.

Passi, una chiave nella serratura, uno squarcio di luce, un alito di vento. Un respiro, una voce, quella musica.

Spero che abbia portato qualcosa da mangiare…

♫*Dimmi chi sei… amore dei giorni miei… amoree*

Essere stati amati tanto intensamente ci protegge per sempre, anche quando la persona non c'è più.

♫*Dimmi che mai… non mi lascerei mai. Dimmi chi sei, respiro dei giorni miei d'amore. Dimmi che sai, che non mi sbaglierai mai. Dimmi chi sei… il mio unico grande amore…*

Continuo fischiettando. Controllo la figura allo specchio, devo ricordare di prendere l'appuntamento con Gastone, per un'altra serie di cure. Infilo la camicia bianca che mi fa splendere, con eleganza copro momentaneamente il mio cuore tatuato. Nel suo interno conserva quel nome importante. Passo tra le dita i miei capelli, sono sani e robusti, nei miei gesti c'è tutto l'amore di lei.

♫*Dimmi chi sei... amore dei giorni miei... amore.*

Apro l'anta, secondo cassetto e prendo i calzini blu.

Passo nella stanza delle scarpe. Oggi scelgo i mocassini. Ritorno dov'ero.

La musica mi segue.

Non aveva battuto ciglio, quando, all'elettricista avevo richiesto: «La voglio in cucina, nei bagni, nelle camere. Voglio sentirla quando scendo o salgo le scale: persino nel seminterrato. Dove ora tengo il tesoro.» Sorrido alla mia immagine, alla perfetta dentatura, il suo bianco mi illumina.

Cellulare, portafoglio, chiavi: sì, ho tutto. Prima di uscire, percorro con il dito la spirale dipinta sul quadro in entrata, posizionato vicino alla porta. Un regalo prezioso. Dopo essere giunto al centro; esco.

Tolgo il piede dall'acceleratore. Cacchio, devo anche frenare. Dai forza corri, ecco il solito imbranato mattutino. La voce alla radio mi urta i nervi. «Diamo le ultime notizie, è stato sperimentato un dispositivo per interagire con il computer. L'aggeggio viene impiantato direttamente nel cervello...» Eh già, ma dove andremo a finire? Guardo l'ora: 06:20. Bene, sono in perfetto orario.

«Morti sul lavoro...» Ohi basta, cambio stazione. Esce la voce della Pausini, sì, è più piacevole delle tragiche notizie, nonostante non sia la mia preferita. A pensarci non ho simpatia per nessun cantante.

Che traffico stamattina, ma tutti dovevano essere in questa strada e in questo preciso momento? Ma sto cavolo di camion dove sta andando? Guardo lo specchietto laterale, non ho nessuno in terza corsia, posso sorpassare, aziono la freccia: emetto con insistenza gli abbaglianti, gli urlo: «Dove hai preso la patente!» Gli faccio la linguaccia, pur consapevole che non può sentire e vedere, benché lo sfogo mi faccia stare bene.

Sento il trillo fastidioso del cellulare. È Giulia!

Le avevo abbinato il segnale acustico adatto alla sua personalità. Non lo guarderò, le ho ripetuto tante volte: «Odio i messaggi vocali» e lei? E lei continua. "Una" può essere così cretina! E poi so già cosa dice la sua squisita vocina: «Tesoro ti sei ricordata di metterti il rossetto?» Immancabile ogni volta a inizio giornata: per rovinarmela. Dopo una pausa, fa una risatina e continua a cinguettare: «Ciao bella! Baci, baci, buon lavoro.»

Bella io? Figuriamoci.

A lei non serve il rossetto: è talmente perfetta e stronza, stronza e ancora stronza.

E io? Cogliona, cogliona e ancora cogliona!

Arrivo al parcheggio a quest'ora pressoché deserto, con i colleghi che arrivano presto come me, ci contendiamo i posti migliori. Sgrano gli occhi. Oh, che fortuna! La piazzola all'ombra è libera: all'uscita troverò l'auto fresca.

Riposto borsa nell'armadietto, cambiato veste, scarpe e occhiali. Preso cellulare aziendale, guanti, berretto: ok! Brevissimo controllo allo specchio, solo perché si è tolta una forcina.

Uffa! Anche oggi sono di turno con Tania, quella brava e intelligente: sarà una giornata di merda.

Al ritorno lo stesso imbranato, stesso camion in sorpasso; il consueto traffico. Sempre le stesse drammatiche notizie e nientemeno ho avuto una giornata di mer... Mordo la lingua.

Di fronte allo specchio, detergo il viso e a denti stretti, sfogo la mia frustrazione su quella faccia insulsa. Già dall'inizio del turno.

«Berta, che giornata hai oggi? Ricorda di sorridere ai clienti!» Mi apostrofa il caporeparto guardandomi in viso, la voce gli esce dura e sempre veloce: credo che desideri distogliere lo sguardo da me, il prima possibile. Prendo la pinzetta ed esamino le arcate continuando a farneticare. Le mie colleghe, solo alcune, quelle meno altezzose; mi chiamano Berry e ogni volta rispondo: «Guarda che non sono un uomo!»

I colleghi dicono: «Ehi, vieni qui!» aggiungendo pure il gesto. Le amiche... io non ho amici. Berenice dimmi la verità, non ti sembra stupido questo nome? Non serve che fai le smorfie, non alimentare il fuoco gettando ancora legna. Ahi! Mannaggia, mi sono pizzicata e ferita al sopracciglio, che stizza! Ogni due o al massimo tre giorni devo togliere i peli sennò sembro Frida Kahlo, senza essere bella quanto era lei. Ti viene da ridere vero? All'opposto di me, da piangere al pensiero di questo cazzo di nome che mi hanno appioppato i miei genitori; non l'ho mai sopportato. A mio padre l'avevo perdonato, ma a mia madre no. Un giorno le ho fatto ciao, ciao con la mano e me ne sono andata. Bene, ho finito. Mi avvicino all'immagine riflessa per controllare meglio; ok, può andare... tanto non posso fare di meglio.

La crema è quasi finita, domani devo ricordare di comprarla, avrei l'altra, ma il profumo è troppo intenso, su di me, diventa sgradevole.

Guardo il mio volto con l'arcata sopracciliare ferita, il pizzicotto che sta diventando viola.

La crema ha reso la pelle lucida e le guance sembrano ancora più gonfie. Dovrei mettermi a dieta. Bah, è meglio che mi dedichi ai miei capelli, l'unico regalo bello ricevuto. Con gesti consuetudinari prendo la spazzola che mi è costata un occhio della testa, ma per la fiammeggiante capigliatura, ne vale la pena. Ne ho tanta cura e spendo di continuo un patrimonio. È l'unico gioiello che ho.

Butto la testa giù e comincio, le setole morbide entrano tra i labirinti dei capelli; questi gesti mi distendono i nervi, provo benessere, provo gioia. Le spazzolate si ripetono finché li sento lisci e setosi, ansiosa alzo con uno scatto la testa e contemplo la lucentezza e le varie sfumature rilevate dallo specchio.

La chioma mi avvolge facendomi sentire protetta, nasconde il viso, il collo, una parte delle ampie spalle e dell'abbondante seno. Rasserenata mi accingo per andare a letto con la convinzione: da domani inizio la dieta.

Era consapevole che chiunque, proprio chiunque, si voltasse per ammirare la sua fiammeggiante Alfa Romeo GT 1750. Quasi tutti i giorni, alla guida di questo bolide d'epoca, percorreva la strada provinciale. Gli piaceva sentire il rombo amplificarsi per tutto il paese e oltre, cosciente che il suono raggiungesse perfino le colline. Faceva cantare il motore con i vari passaggi di marcia e provava una gioia immensa nel vedere gli occhi dei passanti puntati su di lui mentre sfrecciava via.

Ogni volta che il traffico glielo consentiva, sbirciava la sua immagine nello specchietto retrovisore: camicia bianca, capelli all'ultimo grido di moda; Ray-Ban con lenti azzurre. Sorrise a quella figura, compiaciuto.

Aveva abbassato al massimo i finestrini per condividere la sua canzone preferita, le avvolgenti note si spargevano accompagnando il ruggito del motore.

♫*Dimmi chi sei... amore dei giorni miei. Dimmi che sai, che non mi sbaglierai mai. Dimmi chi sei... il mio unico grande amore...*

La sosta al bar per un caffè era una consuetudine. Entrava sorridendo, consapevole che la sua perfezione contagiasse di grazia chiunque fosse presente. All'istante veniva salutato.

«Ciao Leo, il solito?» chiese Fabio.

«Sì, in tazza grande, mi raccomando. Grazie.»

Il barista sorrise, scosse la testa e aggiunse: «Guarda che oramai lo so, non serve che specifichi. Turno pesante oggi?»

«No, oggi va alla grande, solo otto ore di... non fare niente.» Scoppiò in una scrosciante e disinvolta risata.

«Beato te.» disse Fabio depositando il caffè.

Alle spalle, sentì una vocina. «Ciao Leo, mi daresti un passaggio? Devo andare proprio lì, dove sei diretto tu.»

Con la tazzina in mano si voltò, vide due occhi azzurro cielo spalancati e notò che teneva l'estremità dell'unghia del pollice tra le labbra rosse fuoco. Sorrise ancora, strizzando l'occhio. «Ciao Samantha, sempre qui anche tu. Scusa, ma stamattina sono di fretta.»

Lei fece una piega con la bocca, le tremò il mento, emise un sospiro. «L'hai detto anche ieri, l'altro ieri e anche la settimana scorsa.» chiuse le braccia al petto e si girò per raggiungere il suo posto, continuando a sbuffare.

«Ehilà amico, come sempre ti trovo in forma. Lo dai a me lo strappo?» Leo mise i spicci sul bancone, fece sorridendo un diniego con la testa. «Ok, ho capito... sei di fretta.» concluse Marco.

«Sì, ciao a tutti, a domani!» esclamò Leonida.

Inserì il badge, l'acustica partì stridente e la porta di ferro si aprì. Percorse il lungo corridoio ed entrò nello spogliatoio dedicato ai lavoratori maschi, alcuni colleghi avevano finito il turno, altri erano appena arrivati, stavano conversando piacevolmente. Nel momento in cui entrò, l'intero gruppo lo salutò. Lui sorrise a tutti, intraprendendo un dialogo disinvolto: le auto, le donne: dell'ultima botta fatta a quella carina del reparto profumi.

Vincenzo disse: «Vorrei avere io il tuo fisico, sapete quante ne acchiapperei?» Si sfilò i pantaloni, in mutande fece una serie di movimenti inguinali e una successione di ululati. Tra le concordanti risate, si cambiarono. Chi uscì e chi entrò nel centro commerciale per iniziare il turno lavorativo.

Spalanco gli occhi, mannaggia è già mattino. Il suono assieme alla vibrazione si ripete, pigio al centro e mi alzo.

Lo specchio mi dice ciao, ma quell'immagine non la sopporto, specialmente al mattino.

Pinzo i capelli ed entro nella doccia. Una cosa veloce, non ho tempo per me.

Cammino scalza fino alla camera, non ho con me le ciabatte, devo prenderne un altro paio. Pensavo di abituarmi all'infradito: sono di moda, ma odio la stringa in mezzo alle dita, come detesto i perizoma; in che modo una, può sentirsi a posto con un filo tra le chiappe? Boh... sarà! Vuoi mettere la differenza, avere una bella mutanda che ti avvolge il culo?

Un caffè, tre fette biscottate con la cioccolata, mastico e dedico una sbirciata a Facebook, faccio una piega con la bocca, il dito manda tutto verso l'alto: nulla di interessante. Per la miseria, dovevo iniziare la dieta. Vabbè, sarà da domani.

Ho inserito tantissime forcine, per creare uno chignon, non voglio tenerli sciolti e nemmeno che nessuna ciocca esca: non sono adatti alla qui presente.

Ho smarrito il senso di orientamento e del tempo, non so da quale parte sono rivolta o se è mattino o sera. Ho pure perso la sensazione di avere le gambe. Non capisco da quanto sono stesa in questo sudicio pavimento. Ho fame e sete, percepisco il ticchettio di gocce d'acqua sul lavandino: vorrei che fossero più vicine per potermi inumidire le croste che ho sulle labbra. Ho finito persino le lacrime.

I piccoli tonfi continuano, è un suono ripetitivo, più dolce di quella maledetta canzone. Sto in ascolto.

Chiudo gli occhi e mi cullo e... sprofondo nell'abisso dei miei pensieri.

"Si aggrappa con le zampette al tappo, l'acqua che scorre e lo fa scivolare. Con evidente fatica si sporge di lato e inzuppato ricomincia la salita. Con le dita devio il flusso dell'acqua verso di lui; lo vedo contorcersi, annaspare, farsi piccolo. Una parte di me esulta. "Muori, ragno schifoso". Sussurra l'altra parte: "Per stavolta ti aiuto, ma la prossima ti devi salvare da solo: come faccio io. Lo so! Non hai nessuna colpa, per questo è emersa la mia parte accettabile, ma per mio fratello era superflua, poiché esulta sempre quella difettosa, come mi ripete nostra madre. Con soddisfazione, dopo la spinta, l'osservo annaspare nell'acqua. Resto a guardare, finché arriva lei a salvarti.

Inorridita mi avvicino a lui, fintanto che strilla e mi guarda come fossi una serpe. Provo compassione e mi accosto per fargli una carezza. La sua voce mi inonda le orecchie; "pietà e nemmeno carezze, da te preferisco le bastonate, quelle non sono false."

Vedo nostra madre contorcere la bocca finché pronuncia con ripetizione il mio nome storpiandolo: «Berrrenica, Bereenica vai fuori da questa casa, almeno per un po'. Così non devo guardare quella tua faccia.» *Tento di dire mi dispiace, mi dispiace mamma.* «Ma come ho fatto ad avere una figlia così... così.»

Ogni volta lascia la frase a metà.

Ancora adesso mi chiedo: «Così come?»

Un rumore mi entra nel cervello, vengo investita da una grande luce. Nell'attimo inizia la canzone.

Spero che abbia portato qualcosa da mangiare.

Di fronte alla libreria, osservava l'immensità di volumi. Benché non adatti alla sua tenera età; si trovava sempre in quella difficile scelta. Accarezzò la copertina di "Cento anni di solitudine" di Gabriel García Márquez, quell'edizione era stata pubblicata nel 1968 dalla casa editrice Rizzoli. Passò ripetutamente i polpastrelli sul disegno realizzato da Neil Stuart, *"un artista grafico britannico, con uno stile psichedelico e colorato ha disegnato elementi che richiamano il tema magico e surreale del romanzo".* Lo sguardo incrociò quello di due occhi azzurri sulla copertina di "Il Grande Gatsby" di F. Scott Fitzgerald. Però nell'immediato venne attratto dall'ultimo ricevuto: Jenny Saville la pittrice. Era stato posizionato sull'ultimo ripiano, non c'era la sedia, puntò i piedi sulla prima mensola, si sollevò attaccandosi, percepì il ritorno del padre, che sbatteva contro lo stipite, optò subito per quello più a portata di mano, che insegnasse nuove lingue, o che raccontasse la vita di qualche artista favoloso, era irrilevante al momento. Si perdeva nelle illustrazioni e nelle opere, sollevandosi al di sopra del frastuono. Seguiva le linee di parole illuminate dalla torcia, nascosto nel suo angolo segreto. Fintantoché lo sentiva urlare: «L'hai fatto ancora? L'hai fatto ancora?» Era consapevole che sua madre preferiva sopportare maltrattamenti piuttosto che vederli inflitti a lui e l'ammirava per questo. L'amore che gli donava rappresentava il massimo a cui un figlio potesse aspirare, un sentimento che lo gratificava ma al tempo stesso lo tormentava.

Capitolo 2

Dennis alzò la mano in segno di saluto.

«Tutto bene?» chiese Leo raggiungendolo.

«Sì, tutto ok.» affermò il collega.

«Novità?»

Dennis fece una smorfia, mosse la testa da destra a sinistra.

«Tutto nella norma.»

Leonida Della Vecchia sentì il segnale di avviso, pigiò il pulsante laterale.

«Zona da sorvegliare immediatamente, interno supermercato, reparto vini.»

Senza fretta si diressero verso il settore.

«Ciao mamma, finalmente sei tornata. Come mai così tardi? Ho preparato la cena.»

Daniela emise una sonora sbuffata. «Grazie tesoro.» Si tolse le scarpe e sprofondò sulla poltrona. «Mai visto una persona simile, è talmente pignolo; stavo per uscire e lui? "Signora Daniela, cortesemente avrei bisogno di due camicie stirate alla perfezione, senza nemmeno una piega, ha tempo?" E cosa gli dovevo dire... di no? Ho risposto: "va bene."»

Dilatò gli occhi e aggiunse con voce inviperita: «Erano dieci, ripeto – d i e c i – tutte bianche e tutte identiche.»

Anna vide la madre uscire dal bagno, le sorrise. «Ti sei calmata un po'? Dai mettiamoci a tavola, che si fredda.»

«Uhm, sento un profumino, cosa mi hai preparato di buono?»

«Pollo al curry.»

«Fantastico, ho una fame da lupi.»

Continuarono a conversare piacevolmente: dell'esame imminente, dell'abito floreale visto nella vetrina all'angolo, tra via dei Cipressi e quella delle Querce, delle vacanze: mare o montagna? Del bel ragazzo incontrato alla festa.

Davanti al caffè, Daniela alzò le gambe e le appoggiò sulla sedia di fronte, strizzò l'occhio e ribadì: «Anna, stai attenta ai ragazzi belli, possono nascondere segreti.»

Anna rise. «Ma quali segreti, tu vedi troppi thriller!»

«No, parlo con serietà, non sai mai cosa può nascondere una persona.»

«Mamma, mi fai paura, mi devo preoccupare?»

«Vieni qui che ho una gran voglia di abbracciarti.»

«Anch'io!» Gettandosi tra le sue braccia.

Erano solo loro due da tantissimo tempo. Anna aveva conosciuto poco il padre e ne aveva avuto disgusto. A Daniela era bastato quel poco, erano fuggite il più lontano possibile. Lui non meritava il suo amore e tanto meno quello della sua creatura.

Ancora accoccolate sul divano, Anna alzò gli occhi verso sua madre. «A parte le camicie da stirare, come ti trovi?» Si grattò il mento, buttò lo sguardo verso il soffitto. «Da quanto lavori? Mi sembra che hai iniziato a dicembre. Quindi sono cinque mesi, tempo addietro, mi avevi parlato di una lunga scala, di una porta che si intravedeva, ma tutto era immerso nella penombra.» Daniela, con fatica aprì le palpebre e con voce impastata: «Scusa, cosa hai detto?»

«No, nulla di importante, non ti preoccupare, era tanto per conversare.» Sorrise a quella stupenda donna coraggiosa, che ora stava dormendo profondamente tra le sue braccia.

Finalmente sono a casa, ho tre giorni liberi da impegni lavorativi, ammiro i fiori che ho sul terrazzo rivolto verso la strada sterrata che porta alla passeggiata lungo il canale. Tutte queste piante le ho salvate da una brutta fine: il macero. È stata la prima volta che ho fatto una richiesta a Beppe, il caporeparto, e lui, credo per liberarsi di me il più in fretta possibile, aveva acconsentito, precisando: «Solo alcune.»

In poco tempo ho riempito tutte le fioriere. Il telefono squilla.

Di malavoglia mi alzo, tolgo i guanti, metto a posto gli occhiali: erano scivolati leggermente sul naso: essendo un tantino pesanti.

Sorpresa: il cellulare evidenzia il nome: Giulia. Strano che mi chiami, lei è quella dei messaggi vocali, do il via alla chiamata. «Giulia, è successo qualcosa?» Sento una risata cristallina, mi sale immediatamente la voglia di strozzarla, riprendo: «E allora?»

«Tesoro, hai visto il tizio nuovo della sicurezza?»

«Chi?»

«Ma dai Berry, non dirmi che non ti sei accorta, ne parlano tutte.»

«Senti Giulia… non sono un uomo.» Lei ripiglia la risata. «Non mi scocciare per stupidità, ti lascio, ho da fare, sto pulendo il terrazzo.»

«Tu fai l'amore solo con le tue piante, vero?»

Pongo il cellulare di fronte, mi sembra di vederla, la faccia sfrontata, sempre sorridente, sempre rompiballe e cretina, cretina e ancora cretina. «Ciao ti saluto.»

«Aspetta!»

«Dai sputa il rospo e poi me ne vado per i fatti miei.»

«Si chiama Leonida Della Vecchia, ma per tutti è Leo, non ti sembra uno spasso questo nome?»

«No!» Tento di mordere l'apparecchio, vorrei mordere lei sul naso.

«Gira anche nel nostro reparto, di sicuro gli piaccio o... gli piaci tu.»

«Io? Io no, sono brutta e grassa.»

«E non metti nemmeno il rossetto, ti renderebbe più gradevole.»

«Ciao!» Sbatto il cellulare sul tavolino e ringhio verso la sua immagine, rimango finché la luce si spegne.

Infilo i guanti, con gesti impulsivi strappo le foglie gialle, alcuni fili d'erba, mi viene via tutta la pianta, desolata rimango a guardarla. Il fiore mi sussurra: «Non te la prendere, lei è fatta così, sa di essere bella! Vuoi farle una colpa? Chi nasce farfalla e chi coleottero.»

Sbalordita continuo a guardarlo... un fiore che parla? E soprattutto mette anche il dito nella piaga, non dovrei, ma gli rispondo: «Ma ti ci metti anche tu? Ebbene sì, sono un coleottero. Ricordo perfettamente la figura da coleottero: per solo due volte ho accettato di uscirci assieme. Aveva detto con la sua limpida voce: "Vieni fuori con noi? Ho un amico da presentarti". E io? Malauguratamente ho accettato! Aveva lasciato i capelli sciolti: come piume incorniciavano quel viso perfetto e aveva indossato gli short, evidenziavano le sue lunghe gambe affusolate e per concludere tacchi a spillo. L'aveva fatto apposta.

E io? Io mi ero sentita la quarta incomoda, quella in più, quella... nel suo ampio vestito nero. Cosa speravo di nascondere? A casa dovevo stare e nascondermi.

E malauguratamente ho accettato anche la seconda: No, non te lo dico...»

«Dai forza, sfogati che poi stai meglio.»

Guardo il fiore che parla, ma ne ho talmente bisogno che continuo. «Un'altra volta mi aveva detto: "Ti vengo a prendere, andiamo al mare?" Potevo essere più cogliona di così? Io grondante di sudore, ansimante per la difficoltà a raggiungere il bagnasciuga, ciabatte di casa che sprofondavano nella sabbia e a ogni mio passo le tette sobbalzavano; avevo un'infezione nella parte superiore delle gambe da sfregamento, quindi ho usato le bermuda e nonostante fossero larghi tre chilometri, un salsicciotto della pancia spuntava e lei... lei volava sulla sabbia, dal suo viso non scendeva nessuna goccia di sudore. Camminava spedita muovendo il sedere per raggiungere la posizione, accompagnata dal suono degli innumerevoli bracciali.

"In prima fila?" Avevo chiesto, con occhi e bocca aperta, già soffrendo per la mia delicata carnagione.

"Certamente, sennò come fai conoscere figoni."

"Io vorrei l'ombrellone."

"Ma tesoro, non è più di moda."

Cretina, cretina e ancora cretina.

Ho dovuto mettermi l'asciugamano in testa, non sopportavo e non lo sopporto nemmeno ora il sole così diretto. Ma il massimo è stato quando... te lo dico piano, piano perché mi vergogno talmente tanto: un figo, che voleva conoscere e conquistare, rivolto a me, aveva detto: "Tua mamma teme il sole?"

Imbecille, imbecille e ancora imbecille.»

Getto la pianta, tra le lacrime guardo il cielo, alzo la mano furiosa e urlo: perché sono nata così coleottero? Il fiore, con voce fievole, dice: «Ricorda Berenice, nella famiglia dei coleotteri esistono, anche se rari, gli scarabei... scarabei... scarabei-ei-ei-ei.»

Gli abitanti di quel paese avevano visto spuntare i centri commerciali come funghi. Avevano constatato un notevole aumento del traffico; c'erano ingorghi e molte volte dovevano fare la coda.

I più vecchi scuotevano il capo osservando le auto che si susseguivano continuamente entrando e uscendo dai parcheggi. Con le lacrime negli occhi, avevano visto le loro amate botteghe storiche soccombere alla modernità. I loro sguardi, carichi di tristezza, scrutavano dove una volta risuonava il vocio dei negozi di quartiere: i loro amici. Nei bar locali vedevano nuovi volti, ascoltavano e si univano a gruppi che discutevano sugli impatti positivi e negativi di questa trasformazione urbana. Alcuni esprimevano preoccupazioni sulla perdita di autenticità del luogo, mentre altri vedevano l'opportunità di crescita economica e sviluppo.

Della Vecchia, oltre alle sue trenta ore settimanali di lavoro, aveva accettato un incarico extra all'interno del supermercato. E da qual momento, molte ragazze frequentavano quel negozio, anche solo per scovare un pretesto banale e avere la possibilità di vederlo.

Lui si compiaceva di questa attenzione, sorridendo a tutti, ma si atteneva al ruolo che il lavoro gli imponeva. Non si concedeva confidenze, non instaurava dialoghi e nemmeno si innamorava: si sentiva impermeabile, tranne che per quella figura riflessa nello specchio, che esprimeva la sua stessa personalità. Si sentiva favorito dalla sorte, ancora risuonavano nelle sue orecchie le parole dolci e piene d'amore di sua madre. In ogni istante, sentiva le carezze delle sue mani sulla pelle. Lei gli sussurrava sempre: «Amore mio, tu sei perfetto, sai quanti bambini non ricevono l'attenzione adeguata? Crescono insoddisfatti, tristi, ma tu no, tu cresci circondato dal mio amore. È come un labirinto, o una spirale, e noi siamo al centro.»

Controllò l'orologio, mancavano due ore al termine del turno, sorrise al cliente intento a sistemare la spesa dentro alle borse, ascoltò l'altoparlante. «Laura è attesa in cassa due, Laura in cassa due.» Nell'immediato. «Gentili clienti, vi ricordiamo l'offerta sui prodotti di pulizia: casa, biancheria, personale.» Riprese la musica intralciata dal continuo vociare.

I suoi occhi si soffermarono su un viso di bimbo, rideva mentre aiutava la madre a depositare i prodotti sul piano scorrevole della cassa. Ogni volta lei gli sorrideva e gli diceva che era bravo, percepì la contentezza e la fierezza di quel bimbo. "Trascorrevo la maggior parte del tempo da solo, immergendomi con passione nella lettura e attratto dalla bellezza in tutte le sue forme. Ero eccessivamente intelligente, per questo i coetanei mi evitavano; tuttavia, sono cresciuto con l'amore intenso di mia madre, una relazione complicata che oscillava tra amore e odio. Mai mi ha riferito la causa della morte di mio padre, ma da quel momento abbiamo condiviso lo stesso letto. Diceva di avere paura di rimanere sola. Mi soffocava di baci, di..." La luce rossa e il gracidio lo destò, schiacciò il pulsante laterale.

«Urgente! Zona da sorvegliare reparto profumeria.»

«Allora, hai deciso?» chiese Martina. «Non ci vediamo più?» mettendo il broncio.

Anna le fece un grande sorriso e annuì. Abbracciò l'amica e compagna di classe e disse: «Andrò solo all'università in un'altra città, non scappo mica, ci vediamo comunque.»

«Non sarà più come prima.»

«Vedrai, sarà meglio.» stringendole le mani. «Guarda, sono arrivate le nostre coppe di gelato, senti che bontà produce Stefania, la mia cugina.»

Ogni giorno, prima dell'alba, si svegliava con l'anticipo necessario per prepararsi e raggiungere la stazione ferroviaria. Al primo squillo, spegneva immediatamente la suoneria, per non disturbare. Si preparava mentalmente per affrontare un'altra giornata di lezioni, studi e incontri con i professori. Prima di uscire, sbirciava nella stanza di sua madre e, se era sveglia, la salutava e lei rispondeva con la voce impastata: «Fai buon viaggio, tesoro.»

Anna, studentessa di psicologia presso l'Università di Padova, faceva del viaggio in treno un momento di ripasso. Le visioni splendenti del sorgere del sole, il suono regolare delle rotaie, il ticchettio della pioggia diventavano parte integrante del suo rituale quotidiano: sfogliava i suoi appunti, rileggeva i libri di testo e ripeteva le nuove nozioni apprese.

Per due anni aveva riflettuto su quale formazione dovesse intraprendere; si era sempre sentita in dovere di rassicurare e trovare soluzioni per chi ne avesse avuto bisogno, in primis sua madre. Quel poco tempo che aveva passato con quell'uomo, suo padre, l'aveva lasciata distrutta fisicamente ed emotivamente e lei aveva sempre sentito il desiderio di aiutarla. Anni addietro, quando era ancora bambina, in una notte piena di vento e pioggia, erano scappate; inizialmente aveva pianto, aveva puntato i piedi, non voleva andarsene dal suo ambiente, dalle amiche, dagli zii e nonni. Ma poi aveva capito molti particolari, numerosi sguardi insistenti, mani che accarezzavano troppo. Troppi baci, nei punti che lei non voleva: da suo padre.

La torcia illuminò le parole, il fanciullo le mangiava, affamato di sapere, cercando di comprendere dov'era la bellezza. La frase lo coinvolse tappandogli le orecchie: c'era solo lui e loro, guardò il mucchio di libri accanto. "Il rumore di tutto il resto era fuori." Le lacrime scesero e si depositavano sui punti, sulle virgole, sui verbi e sulle parentesi. "Quando tutto il resto tacque.»

Sua madre entrò, si avvicinò con fatica, abbracciò il suo corpo e sussurrò: «Amore, non avere paura, è tutto finito. Non si metterà più fra noi.» Lo baciò, lo accarezzò ancora e ancora. I suoi occhi parlavano d'amore, di un amore speciale; la sua voce lo inondava, si sentiva pervaso e ancora affamato di affetto. Di pari passo, provava incertezza, disorientamento.

«Vai a dormire, da stanotte dormi nel mio letto.» dedicandogli un altro travolgente bacio.

Al mattino si destava prima che suonasse la sveglia, sempre due minuti prima del suo trillo, con garbo si preparava per andare a scuola. Aveva ancora il sentore del suo ricciolo in faccia, negli occhi la luce del suo inconfondibile rosso anche se chiusi e in bocca il gusto del suo latte.

Ogni volta che pronunciava il suo nome, metteva la lingua tra i denti. A metà delle lettere faceva una piega con l'angolo destro della bocca, partecipando con gli occhi spalancati, benché all'ultima vocale li strizzava verso il lato opposto, le guance si infiammavano e ingrossava i nervi sul collo. Gran parte delle volte metteva le braccia conserte per difesa: il risultato era Beeereninca, oppure Berrenica, aggiungeva "e" o "erre" a suo piacimento, in base allo stadio di sgridata, ma mai e poi mai Berenice. Non ha mai capito se non ci riuscisse o se lo facesse apposta di distorcere il nome per rendere il rimprovero ancora più efficace. Alla fine, lo faceva sempre, anche quando la chiamava senza accompagnare nessun insulto. Quelle poche eccezioni la rendevano felice.

Il fratello era il preferito dalla madre, non cercava nemmeno di nasconderlo. Pronunciava bene il suo nome, sorrideva e annuiva con la testa perché lui era sempre bravo, corretto e... non sapeva cos'altro. Il padre era sempre disposto a consolare la figlia ogni qual volta lei ne avesse bisogno, ma poi non c'era più. Morì in una notte d'inverno e il freddo di quella notte persiste ancora nelle sue ossa.

Capitolo 3

«Berta, che giornata hai oggi? Ricorda di sorridere ai clienti.»

Guardo di sottecchi il caporeparto, vorrei urlargli tutti gli insulti che possiedo, ma abbasso la testa, metto a posto gli occhiali e proseguo lungo il corridoio, già stanca prima di iniziare. Sento una risata alle spalle. Non oso girarmi e proseguo verso la posizione.

L'odore sgradevole del pesce mi arriva alle narici, cammino, vengo raggiunta dal profumo del pane appena sfornato, chiudo un attimo gli occhi per assaporare, l'aroma del pollo mi raggiunge prepotente, sì anche questo mi piace benché non sia adatto alle sette di mattina. Passo tra gli scaffali dei vini e vengo centrata dal profumo intenso dei fiori: rose, gardenie, gelsomini. Arrivata dinanzi all'esposizione, mi salutano cordialmente, sanno che li curo bene, che ho tanta dedizione, cerco di migliorare tutte le piante, tolgo le foglie gialle e i fiori sfioriti. Con l'acqua dell'innaffiatoio li disseto: loro mi ringraziano esprimendosi con la bellezza.

Arriva Tania, ancora prima di vederla, la sento. «Berry, ieri hai fatto l'ordine delle azalee? In assoluto non capisco mai i tuoi appunti. E poi, sii più ordinata, ho dovuto sistemare il tuo disordine.»

Continuo a guardare la pianta che ho in mano, ho lo stomaco che brucia, mi viene una gran voglia di uccidere. «Non mi sembra di aver lasciato confusione.»

«Certo, vuoi che ti dica una cosa per un'altra? Faccio io l'ordine delle azalee!»

«Come ti ho scritto e inviato nella chat: l'ho già fatto ieri!»

Non mi guarda, si dedica alla cliente. «Buongiorno, posso esserle utile?»

«Grazie, dovrei fare un regalo, che pianta mi consiglia?»

«Ne abbiamo tantissime, preferisce che sia da interni, o esterni?»

«Non vedo le azalee, so che alla persona che devo regalare, le piacciono tanto.»

«Mi dispiace, purtroppo la mia collega le ha ordinate tardi, arriveranno domani.»

A questo punto, infastidita mi intrometto: «Ha visto le gardenie, sono arrivate stamani: appartengono alla stessa famiglia delle azalee (le Ericacee) e hanno più profumo.»

«Sono bellissime e molto odorose. Grazie del consiglio, prendo quella fucsia.»

Per un'ora intera Tania non mi ha rivolto nessuno sguardo, né tantomeno parole.

Alle spalle sento la voce del responsabile: «Ciao Tania, per cortesia appena puoi avrei bisogno di te, dobbiamo ricontrollare le ferie.» Si gira per andarsene, poi ritorna indietro, mi guarda, fa il gesto con la mano. «Anche tu!»

Senza pronunciare il mio nome, senza chiedere per piacere. La mia mente continua a formulare pensieri criminali.

«Mamma, anche stasera.»

«Sì, anche stasera sono arrivata tardi.»

«Forse sarebbe meglio che ti trovassi un altro posto.»

«La paga è buona.» Si tolse le scarpe e si diresse in bagno.

Anna, appoggiò la pentola con la pasta sulla tavola e urlò: «Si è un po' ammassata, ti va bene lo stesso?»

Daniela entrò in cucina con l'asciugamano in mano. «Non ti preoccupare, sarà perfetta.» mettendosi a sedere.

La moka emise un sonoro brontolio, Anna si alzò e nel frattempo che lo versava nelle tazzine disse: «Racconta, anche oggi hai stirato le tante camicie bianche?»

La madre alzò le gambe sopra la sedia di fronte, massaggiandole. Alla sera si gonfiavano, aveva sempre sofferto di questo problema. Da quando lavorava per il signor Della Vecchia, era aumentato. «Mah... cosa ti devo dire.»

«Come hai passato la giornata.»

«Racconta la tua, la mia non è stata molto interessante.»

«Mi sono trovata con Roberta e Gianluca, al secondo seminario del professore Arturo Abete, L'argomento era, "come far emergere i lati positivi." È stato interessantissimo.»

«Ho investito bene su di te, cerca il mio lato positivo. In questo momento non lo trovo.»

Anna accarezzò le mani della madre. «Racconta, cosa ti turba?»

«Forse è solo una sensazione.» Distese la schiena, guardò gli occhi di sua figlia, avuta solo per il suo volere e lei con il suo sguardo la incoraggiò ad aprirsi. «Non tanto la quantità di camicie tutte uguali. In quelle poche volte che è a casa, mentre pulisco, è fissato per quella canzone, l'ascolta di continuo, come finisce l'ultima nota chiede ad Alexa di riprodurla, a me fa scoppiare la testa, anche perché, gli piace ad altissimo volume.» disse mettendosi le mani sulle orecchie, sorridendo con sforzo.

«Di sicuro sarà la sua preferita, come il prezioso giocattolo dei bambini: inseparabile.» Anna scoppiò in una risata.

«Ho anche l'impressione che sia fanatico per la cultura e lo specchio. Ok, d'accordo è un gran bel giovane, con un quoziente intellettivo gigantesco, eppure mi mette i brividi. Pensa, ho notato che prima di uscire, segue le linee della spirale dipinta sul quadro; al centro, esce. Mi fa venire la pelle d'oca.»

«Da quello che ho studiato, sembrerebbe che soffra della cosiddetta patologia narcisista.»

«Ciao tesoro, che bello sono in turno assieme a te.» Guardò la collega e le sorrise, pur sapendo che raramente lei la salutava.

Si misero a disporre le piante.

Giulia con voce briosa: «Hai visto la proposta di ferie? Le abbiamo nello stesso periodo, è o non è fantastico?» Nonostante non ricevesse nessuna risposta, continuò a cinguettare: «Hai già deciso dove andrai?» Osservò la collega e amica, lei fece un gesto con la mano, poi passò il polso sulla fronte, si asciugò il sudore e si mise a posto gli occhiali: erano scivolati sul naso. «Io vado al mare, sarebbe uno spasso se venissi anche tu.» Nessuna risposta.

«Buongiorno, le ha riferito la sua collega? La settimana scorsa sono venuta qui solamente per ringraziarla, con la pianta che mi ha consigliato ho fatto un figurone. Me ne può confezionare un'altra?»

«Sono contenta, le gardenie sono le mie preferite, ho il terrazzo pieno, le confeziono quella fucsia o la bianca? Questa è molto bella ed è in piena fioritura.»

«Lei è proprio gentile e brava, si vede che è in armonia con i fiori.»

Dopo che la cliente se ne fu andata, Giulia disse: «C'ero anch'io quando è venuta, dovresti avere visto la faccia di Tania. Offesa fino al midollo. Le sta bene: ti prende sempre per i fondelli. Amica mia perché non reagisci, perché ti lasci trattare così da tutti?»

Nessuna risposta.

Mi dirigo verso le macchinette, le avevo detto che facevo il mio quarto d'ora di pausa. Mi sono girata, ma lei continuava: «Gnè-gnè, gnè-gnè.» e per giunta, vuole essere mia amica? Ma chi la vuole? Io, sto da sola, assolutamente non ho bisogno di smorfiose.

Infilo la chiavetta, pigio il tasto cioccolata, lo inserisco anche nell'altra, schiaccio il pulsante della brioche imbottita.

Controllo attorno, il posto più lontano è libero, meno male, non ho voglia di sentire discorsi, tantomeno quelli che parlano male degli assenti, o sussurrano per quelli presenti. A me, il bisbiglio mi segue sempre: sono abituata. Alzo le spalle e aggiungo un bel "me ne frego."

Soffio dentro al bicchiere, bevo un sorso di squisitezza, sono appagata, affondo i denti nella sfoglia, ci trovo la crema gianduia... mhh squisita. E tutto si ridimensiona, tutto diventa più piacevole e ridivento impermeabile.

«Signora Daniela, l'avviso che fra due mesi avrò meno bisogno di lei. Avrà sempre il compito delle pulizie, ma non serviranno sulle scale che portano nel seminterrato. Non avrò più bisogno che stiri. Pensa di essere ancora disponibile con queste modifiche?»

«Ma... due mesi sono tanti, le va bene se ci penso?»

«Considero vivamente di rivedere la sua compensazione finanziaria. È palese la sua indiscutibile competenza e al momento sento un imperativo bisogno di una chiarezza istantanea. La mia inquietudine deriva dal desiderio di valutare attentamente il grado di fiducia che posso depositare nella sua figura. Mi pare realmente improbabile che voglia lasciarmi in una condizione così fallace.»

«Sono una persona onesta e resterò anche a queste condizioni.»

Leonida sogghignò, prese le chiavi, il portafogli, il cellulare. Rivolse ancora la parola alla governante. «Si ricorda signora Daniela, che oggi c'è la pulizia meticolosa degli specchi? Sa che li voglio limpidi senza nessun minimo alone! Grazie.» Gli diede le spalle: fece con il dito il percorso della spirale, arrivato al centro uscì.

«Oggi mamma tutto bene?» Anna stava mettendo le due bistecche sulla piastra, iniziarono a sfrigolare, tagliò a fettine un cetriolo, una carota e l'aggiunse alla terrina di insalata; l'odore della carne grigliata si espanse nella piccola cucina. Guardò l'entrata, sua madre non c'era ancora, alzò la voce. «Mamma tutto bene?»

Daniela si affacciò, viso stanco, occhi segnati. «Bene, sono solo un po' fiacca.»

«Tra poco sarà pronto, ho appena condito la verdura, vuoi iniziare con una bella porzione? Le bistecche sono quasi cotte.»

«Sei un tesoro.» Davanti al consueto caffè. «Racconta la tua giornata.» rivolgendosi verso la figlia.

«Oggi ho studiato tutto il giorno, sono un tantino preoccupata per l'esame di dopodomani.»

Daniela le prese le mani, guardò intensamente i suoi occhi, felice per quella grande sua somiglianza e disse: «Sei talmente brava, di che cosa ti preoccupi.»

«Sai che voglio sempre i voti alti.»

«Per la borsa di studio?»

«No, per me!»

Daniela l'abbracciò commossa. «Ma cosa ho fatto per meritarmi una figlia così splendida.»

«Ora tocca a te.»

Daniela, alzò le gambe come di consuetudine, fece un profondo sospiro. «Oggi operazione specchi, questo tizio è circondato da specchi, in qualsiasi stanza, pensa… non te l'ho mai detto: in una delle camere, quella che usa più spesso, c'è un'intera parete.»

«Ma dove hai scovato 'sto tale, è da ricovero.» Scoppiò in una risata che contagiò la madre e avevano le lacrime agli occhi.

Tra una sghignazzata e un'altra. «Pensa a tutte quelle ragazze che gli corrono dietro, anche perché è una persona squisitissima, educata, sempre a posto. Non vorrei essere una di loro.»

L'avviso sul cellulare: richiesta di straordinari per sostituire Thomas Rosito. Il bolide fiammeggiante fece inversione e con una accelerata stratosferica ripartì.

«Sì, tutto bene, controllo fatto, niente di sospetto.» Parlava dentro all'apparecchio, con voce bassa e ritmica. Era cadenzato dal suono di avvio e chiusura della comunicazione.

Leonida in coppia con Dennis guardavano in ogni direzione e qualsiasi dettaglio.

«Racconta, quante te ne sei fatte qui dentro?» Dennis rivolto al collega.

«E già, quante credi?»

Dennis ridacchiò. «Tante o... tutte?»

«Spero che stai a scherzare.»

«Boh, se io fossi in te, me le farei tutte, ma proprio tutte, tutte. Persino quella cicciona dei fiori.»

«Ho capito a te basta che abbia la gnocca.»

«A te no? Dai seguimi che passiamo di là.»

«Berry, è appena stato qui. Wow, vedessi che bello!» Giulia aveva gli occhi spalancati ed eccitati, con le forbici in mano, iniziò una danza di gesta, gli innumerevoli bracciali scampanellarono. Come un fiume in piena, le uscivano esclamazioni e parole. «Tesoro, dovevi vederlo: elegante nei suoi – chiuse un occhio – nel suo… più o meno un metro e ottantasei. Era assieme a Dennis. Sì, lui, quello che sbava per ogni femmina.»

«Giulia, hai finito? La cliente sta aspettando la pianta.»

Solo per dovere, non perché mi piaccia stare qui, avrei eclissato la riunione molto "stravolentieri", non capisco un accidenti, sono tutti così autorevoli, all'interno dei propri ruoli e obblighi, ma cavolo, guardali… comunicano.

Giulia prende la parola, assistita da un fastidioso scampanio di cianfrusaglie, eh già figuriamoci, vuole fare bella figura con il signor direttore. Direttore dei miei stivali, non mi ha mai salutato e tantomeno rivolto uno sguardo: che sappia che lavoro anch'io qui? Eccola, si presenta con disinvoltura, sorride, cosa avrà da essere sempre così maledettamente felice. Di sicuro vuole mettersi in mostra, non sa che comunque qui, non si cambierà mai niente. Almeno per me è così! E come la vedo io, qui ci sono troppe rompipalle.

«Prima di tutto, parlo per il reparto in cui lavoro, possiamo rendere gli scaffali ancora più invitanti e soprattutto accessibili con i carrelli, agevolando i clienti e stimolando gli acquisti impulsivi. Poi, offrire un servizio eccezionale, con sorrisi sinceri e disponibilità a rispondere alle domande. Clienti soddisfatti sono clienti fedeli. Infine, raccogliamo feedback per adattare le offerte alle loro esigenze. Credo che con impegno collettivo, possiamo rendere il nostro reparto irresistibile.»

Si alzano applausi e lei, guardala, sorride, sorride e sorride. Non la sopporto. Si alza Beppe, le fa l'occhiolino seguito da una smorfia. «Grazie Giulia del tuo intervento molto interessante, ma hai comunicato a tutti? Proprio a tutti di sorridere? Anche a lei?» Mi indica, sgrano gli occhi, arriva una collettiva risata che riempie la stanza.

Il sangue ribolle, sono già alla porta, è già aperta, non so come. La sbatto, vorrei colpire ognuno di loro. Ho la vista annebbiata e pure il cervello, lo stomaco urla, il corridoio è interminabile, voglio andarmene, voglio che si "fottano" tutti. Voglio che vadano a quel paese. Voglio che... mi mordo le mani per non aggiungere altro. Sbatto pure la porta dello spogliatoio, mi siedo e... le lacrime scendono, le lascio fare, sono talmente infelice.

Qualcuno riapre la porta. «Scusa Berry, non volevo!»

La guardo tra il mare di tristezza. Cerca anche di prendermi le mani? «Giulia, ma va a quel paese!» e lei di rimando: sorride, cretina, cretina e cretina.

«Berry, tesoro, perdonami, dai asciuga gli occhi e fammi un piccolo sorriso.»

Porge un fazzoletto, la studio inebetita, possibile che non capisca? Possibile che continui a sorridere? Ma che cavolo vuole? La bocca mi si contrae, assieme al collo, i denti stridono tra di loro. Lo stomaco è in subbuglio e lei vuole che sorrida? Scosto la testa, voleva pure toccare i miei capelli. No, non voglio niente, specialmente da lei. È la causa di tutto!

«Ti prego, Berry, fammi un sorriso, mi accontento anche di uno piccolo.»

«No! Non voglio sorridere. Io, non sono come te. Io, sono brutta e grassa. Io sono sempre stata derisa. Io ho avuto un'infanzia infelice. Io ho avuto una cazzo di madre che non mi permetteva di mangiare quel cazzo di gelato. Io! Io non sono come te. Con te la vita è stata gentile, con me è stata ed è tuttora crudele.» Ritraggo la mano e la porto alla bocca, non mi ero accorta che le tenevo il collo.

Lei con un filo di voce e senza nessun minimo sorriso. «Quanti io. Io di qua io di là. Tu! Sì proprio tu non puoi sapere e nemmeno avere la più pallida idea cosa io abbia passato. Tu, non puoi addirittura immaginare. Ma noi abbiamo la possibilità di cambiare il nostro orripilante passato, solo partendo da un sorriso: altrimenti ci camminerà sempre appresso!» Si drizza, alza la voce. «E ora, se stai talmente male da non poter guidare, vuoi un passaggio? Se è un sì, ok, altrimenti ciao a domani!»

Non ho fiatato. Le guardo la schiena.

Capitolo 4

Un gruppo di ragazzi si girarono verso quel rombo, tutti conoscevano quell'auto e specialmente lui. Da due anni percorreva le strade di quel paese: prima non esisteva.

«Ma sapete da dove viene quel tipaccio?»

«So che lavora nei centri commerciali.»

«Tesoro, lui fa la guardia.»

«Vorrei che facesse la guardia anche a me!» Coprendo la sghignazzata con la punta delle dita.

«Dicono che se le sia fatte tutte le commesse: per te non c'è speranza.»

«Aspetterò che si stanchi e che cambi gusti… tesoro.» Inviandogli un bacio.

L'auto d'epoca si fermò nel parcheggio, scese il giovane con la camicia bianca e si diresse verso l'entrata dei dipendenti.

«Facciamo il giro donne?»

«Collega, sei fissato!»

«Ti voglio far vedere quella dei fiori e ci scommetto che non avrai manco il coraggio per conoscerla.»

«Vuoi giocare?»

«Eh già, ci azzardo la testa che non hai il fegato di dargli una botta.»

I due se ne stavano dietro lo scaffale dei vini e guardavano la grassona.

«Amico, è o non è una cosa deprimente?» Ridacchiò violentemente e continuò: «Sarà un'esperienza nuova avere tutta quella ciccia a disposizione.»

Il collega non rispondeva, il suo sguardo era nella direzione di lei. Nemmeno fiatava; impercettibili gocce di sudore gli rigavano la fronte.

«Ehi, ci sei?» Nessun commento.

«Non dirmi che ti piace quella?» Strattonandogli la manica.

«No, no... è... è che mi ricorda qualcuno.» Si accarezzò la parte alta del braccio sinistro, dove c'era l'amato cuore tatuato.

Sveglia, doccia, minimo sguardo all'immagine... ringhio: iniziamo un'altra giornata di merda. Auto in coda, segnale fastidioso di Giulia, musica pessima, casello, stesso imbranato, piove. Cosa mi succederà di peggio oggi? Ah sì, Tania.

Sono leggermente in anticipo, vado lo stesso, spero che i fiori mi cambino la giornata.

Arriva lei, non saluta, ha le cuffiette, nemmeno mi guarda. Ok, non ho bisogno del suo saluto.

Ho le piante di gardenia, mi ci dedico con affetto: le annaffio, controllo il fogliame, tolgo i fiori appassiti. Dagli altoparlanti arriva la voce. «Buongiorno, sono le 8:00, il supermercato è aperto: auguriamo una buona giornata a tutti i clienti e ai dipendenti.»

«Eh, sì...» sbuffo.

Tania nell'immediato si toglie le cuffiette. «Ah, sei qui!»

Mi salgono i nervi, sono sempre stata qui. Assolutamente tengo tutto dentro.

«Buongiorno.»

«Buongiorno, posso esserle utile?» Tania fa sempre la gara a chi si accaparra più clienti, io la lascio fare.

«Se posso, vorrei essere servita dalla sua collega, tempo fa mi aveva preparato una confezione molto elegante.»

La sento, di scatto serra bocca e denti, si gira verso di me e con voce stridula: «Certamente.» sforzando un sorriso benevolo. «La signora vuole essere servita da te.»

Con impegno mi dedico alla preparazione della pianta, salgo in un'altra dimensione, le piante non ti giudicano, non ti guardano con aria schifata, non sparlano alle spalle.

Mi sento osservata, alzo lo sguardo e lo indirizzo verso la cliente, pensando che fosse impaziente, mi piace fare un buon lavoro e dare il migliore aspetto alla confezione, invece lei è in attesa tranquilla, sta osservando le peonie. Sono sul bancale, non sono ancora state esposte. Riprendo a dedicarmi alla confezione, prendo i nastri, quello giallo e quello fucsia, li accosto: il giallo è più in sintonia. Compongo il fiocco: risento lo sguardo su di me. Stupita rialzo la testa, è una sensazione strana, nuova... quel tipo di occhiata la sento diversa, sono sempre stata abituata a quelle invadenti e critiche.

Cerco da dove proviene, un gruppetto di ragazzi stanno scegliendo le arance e nessuno mi guarda, una signora intenta a scrutare verso il fondo, dove ci sono le casse. Dall'altro lato un uomo sta controllando il cellulare.

«Ha finito?»

«Sì.» Mi desto e inserisco il talloncino sulla confezione, alzandola e consegnandola alla cliente.

«Grazie, bellissima.»

Mi sarò confusa non ho scorto nessuno nell'intento di guardarmi e poi proprio io...

Scarico le cassette piene di fiori, dal viso mi scendono grosse gocce di sudore, gli occhiali approdano sulla punta del naso.

Tania dice: «Vado in pausa.» Si rimette le cuffiette, non aspetta nemmeno la mia risposta: poteva essere che avessi avuto un'urgenza di andare in bagno. Io, non esisto!

Il fiore mi sorride, sussurra: «Berenice, non te la prendere.»

I fiori anche oggi mi parlano. Sto diventando pazza!

L'ho trovata.

La cercavo da tanto.

Tremante timbro il cartellino.

Per tutto il tempo in cui percorro il corridoio, canticchio la nostra canzone, entro nello spogliatoio per cambiarmi.

«Ohilà Leo, pausa o fine turno?»

«Ciao Federico, fine turno e tu?»

«Inizio tra pochi minuti e finisco tardi.» Raccoglie gli indumenti sparpagliati e li mette nella sacca, aggiunge: «Come vedi, non sono ordinato come te. Raggiungi i ragazzi nel solito posto?»

«No, devo rientrare al super, ho dimenticato di prendere una cosa.»

Cosa prendo, forse mancano i grissini, con distrazione infilo nel cesto qualche articolo, mi sento strano ed emozionato per questo evento. Ho voglia di vederla, ho voglia che lei mi veda.

Credo che prenderò una bottiglia di vino, gli scaffali appositi le sono vicini.

Controllo le etichette non riesco a leggere... la cerco con lo sguardo; dov'è, non la vedo.

Giro dalla parte opposta, sono di fronte ai bianchi, ne scelgo uno a caso, lo deposito sul cestino e... la vedo. I ricordi mi annebbiano la mente, il desiderio di lei mi assale. Per il momento non oso ancora, devo fare piano: un piccolo passo alla volta.

Andare avanti e poi tornare indietro, convincerla e poi ritirarmi: finché sarà il momento opportuno e assieme arriveremo al centro.

Salgo nell'auto, con la coda dell'occhio ho visto delle mani protese: sono troppo contento per dedicarmi a una chiacchierata e poi... proprio ora non posso. Ho una gran fretta, devo tornare a casa per organizzare ogni cosa.

Al volante rido, il caldo di fine maggio mi fa aprire i finestrini, esce la nostra musica ad alto volume: voglio che tutti la sentano. Voglio che tutti capiscano che sono al settimo cielo.

Spingo l'acceleratore, il rombo del mio bolide dà ritmo alla canzone, una lacrima mi bagna le ciglia.

«Andiamo?»

«Non ci ha visto.»

«Avrà avuto un problema per andare via così di fretta, ci troviamo lo stesso?»

«Ok, tra dieci minuti al solito posto?»

«Ciao a tutti e bene arrivati, Leo dov'è, ancora in turno?»

«No! È fuggito.»

«Avrà avuto un appuntamento galante.»

«Non ci ha comunicato nulla.»

«Ah, vi deve comunicare ogni scopata?» Risero all'unisono. «Il solito giro spritz?»

Alessandro mettendosi in bocca tre patatine: «Brindiamo alla fortunata chi, in questo momento, è sotto o sopra di lui.» alzando il bicchiere.

«Forse è quella del reparto profumeria, sbava... cioè gronda saliva per lui.»

«Penso che pochissime siano immuni al suo fascino.»

«Dennis dice che, se le sia fatte tutte!»

«Ma tu ci credi a quello? È Dennis che vorrebbe farsele tutte quante. Ho sentito dire che gli darebbe una botta anche a Berta.»

«A chi?» Ingoiando un crostino con l'acciuga.

«Berta, Berry... la tizia grassa dei fiori.»

«Non mi parlate di quella, è talmente...»

Si intromette Federica: «Antipatica.»

Continua Alex: «Ha un muso.» Beve e si mette a tossire.

Dorina gli batte sulla schiena e dice: «Ti è andato per traverso, pensando a lei?» Ancora risate.

«Signore e signori...» Giacomo si solleva in piedi, schiarisce la voce, eleva il bicchiere e prosegue: «Brindiamo ai due opposti del nostro amato centro commerciale: Leo ai vertici alti e Berta o quale accidenti si chiama... a quelli del sottosuolo.» Scrosci di ilarità.

Finalmente è finita questa giornata, non vedo l'ora di essere a casa, stasera mi preparo un bel paninazzo imbottito, ne ho bisogno. E per giunta, per digerire la giornata di m... mi dedicherò all'ingoio di una bella porzione del mio dolce preferito. Sento già l'acquolina in bocca.

Metto l'auto in garage, chiudo, corro verso le scale le faccio più in fretta possibile... più in fretta per quello che mi permette il mio peso. Con il fiatone apro e imbocco l'entrata, ansimante ma felice: sorrido. Il cellulare trilla, smorzo il riso, ma proprio ora mi deve chiamare?

Annaspo nella borsa per trovarlo e spegnerlo, mi sta per cadere, cerco di afferrarlo, inciampo sulla sedia in entrata, produco una sfilza di espressioni colorite e... riesco a tenerlo con due dita. È Tania; mi viene da lanciarlo fuori dalla finestra.

Ah no, è ancora chiusa. La coscienza mi informa: "Forse è importante." «Che c'è!»

«Non per niente, ma ti volevo avvisare che è inutile che cerchi di fregarmi i clienti facendo splendide confezioni, solo per il gusto di soppiantare...»

Lo scaglio il più lontano possibile, nell'immediato rumore di vetri in frantumi, bastoni, staffe e tenda tutti giù per terra. E io? Io mi accascio piangente, dolorante e imbestialita.

Mi alzo, asciugo le lacrime, decido: mi mangio tutto il dolce.

Sdraiata sul divano, pigio i tasti del telecomando, passo con frenesia da un canale all'altro senza interferire e nemmeno capire. Con movimenti lenti, porto il braccio verso di me, tra le dita tengo stretto il cucchiaio per l'insalata, ma che ora contiene l'ultimo pezzo di dolce e con soddisfazione lo porta a me, apro la bocca e lo inserisco, l'assaporo piano perché è l'ultima parte. Il dito si è fermato sul canale 24: «Persone scomparse: In Italia sessantamila persone sono svanite nell'ultimo mezzo secolo. In tanti casi ritrovate decedute e altre sparite nel nulla. Bambini, uomini, donne: senza distinzione di età, ceto o sesso...» A occhi chiusi degusto gli ultimi frammenti incastrati tra i denti.

«Da ben quattro anni si sono perse le tracce del serial killer Taro Dimas, nel 2017 erano stati scoperti otto cadaveri di donne, ripartite nelle sue tre abitazioni. Uomo dai mille volti, dai mille giochi, così è stato definito dalla Polizia di Stato, perché con la vittima designata gioca, la studia corteggiandola, ma il suo scopo è quello di inabissarla e vincere. Il premio a lei concesso è di reclamare la morte. Inoltre, dichiarano di aver trovato segni del suo passaggio in Germania, Svizzera e Italia settentrionale. In tutto il nord sono in stato di allerta. E ora parte il video, creato per capire i suoi mutamenti di fisionomia.»

Apro un occhio, ho la bavetta che scende, striscio il palmo, scrocchio la schiena indolenzita per la posizione, passo la lingua tra i denti, provo fastidio per la bocca impastata, dovrei andare a sciacquarla, ma non ne ho voglia; cambio posizione, mi distendo, allungo le gambe, i piedi nudi percepiscono la morbidezza del plaid, con un calcio lo sposto, ho caldo, volgo il sedere alla TV, sprofondo tra i morbidi cuscini, il chiacchiericcio che esce dagli altoparlanti mi nenia, non lo spengo: tanto me ne frego di quello che dice e ritorno a dormire.

Un forte rumore mi sveglia, scopro che sono ancora sul divano, la musica sgradevole esce dalla TV, ah, non l'avevo spenta, percepisco un acido acuto allo stomaco, sta salendo, me lo trovo in bocca.

Ricordo: mi sono addormentata qui. L'ora sullo schermo mi dice che sono le tre, imbambolata non ho nemmeno la forza di alzarmi per andare in bagno, nonostante l'urgenza. Entra tra le fessure degli occhi la pubblicità, appare una giovane donna grassa poi fanno cadere a pioggia una cascata di pillole, ricompare lei magra, sorridente, veste azzurra attillata, è in compagnia di un bell'uomo. Penso: ecco la pillola magica che aggiusta ogni cosa... anche l'amore.

Un conato di vomito si fa strada dentro di me percorrendo tutti i labirinti di ciccia.

Fatta doccia, preso digestivo, vado a letto, tra non molto mi devo svegliare.

I miei occhi non vogliono chiudersi, dalle fenditure delle persiane filtra l'inizio di giornata. Mi sgrido: dai Berenice, dormi almeno un'ora. Mi volgo dalla parte opposta, do un calcio alle lenzuola ricamate a papaveri. Uno dei pochi regali di mia madre, ricevuto al mio decimo compleanno, le altre bambine, quelle magre, ricevevano gonne, magliette, abiti. Io un lenzuolo... avevo provato a gettarlo tantissime volte.

La sua voce mi raggiunge: «Berrrenice per l'amor del cielo, basta mangiare.» E io, indispettita continuavo a strafogare. Da piccola ricevevo affermazioni: che bambinona! E lei via a nascondermi, come fossi stata una cosa... non finisco il pensiero è troppo sofferente.

Il sudore mi bagna la nuca, alzo i capelli e li sparpaglio sulla testiera verde imbottita di gommapiuma. Sospiro... e sposto un'altra volta il mio sederone, le reti protestano, non soddisfatta ritorno dritta. Riguardo il mio soffitto blu. Seguo le linee di tenue luce: ammetto interessante. La visione della donna sulla pubblicità mi arriva negli occhi. La voce esce con tristezza: magra = allegria, bellezza... Amore.

Io = grassa, triste, brutta e a ventisette anni ho fatto l'amore, se così posso affermare, solo una volta e per giunta con mio cugino: orrendo come me.

Sorpresa sento le lacrime scendere.

Sono all'interno della mia utilitaria. Distinguo con difficoltà le auto. Gli occhi gonfi non lo permettono e nemmeno la pioggia. Mi concentro per andare piano, tanto sono in anticipo.

La radio trasmette una musica stridente. Con convinzione la spengo, il volante mi scappa, faccio una sterzata: all'orecchio arrivano una mitragliata di clacson. Rientro sulla mia corsia: potevo non farlo, potevo lasciarmi andare... qualche camion mi avrebbe investito.

È quello che desidero?

Stanca di guardare il soffitto, esco. Il vento aderisce ed entra nei capelli liberi da esibire nell'ultimo atto e asciugare il pianto. Il corrimano penetra nella carne delle mani, il dolore è sano, necessario. Consegno al vuoto l'immensa polpa, al silenzio senza senso, alle tenebre per chi non sa dove altro cazzo andare, senza piani, senza obiettivi e senza una fottuta "decente vita."

Sguazzare in questo completo abbandono, in quell'infinito spazio neutro dell'esistenza che ti sbatacchia in faccia come un pugno. Abbandonarsi al vuoto per non sentirsi soli come un cane rognoso, senza un cazzo da fare, senza un cazzo da sperare e nemmeno voce per protestare.

Semplicemente lanciarsi e sfuggire da questa maledetta esperienza di scalognata vita. E da questo stato di totale sfacelo, senza un dannato motivo, senza una sfortunata storia d'amore, senza un decente trascorso o futuro, esistere? E per chi?

Con una fottutissima ultima luce di cervello dico addio a 'sto universo di merda.

Lo sgabello è sempre pronto, basta che ci salga sopra e poi via: è la notte giusta, non c'è la luna, le stelle sono nascoste: nessun cane per strada. Nessuno mi fermerà.

«Berenice, ma che fai?» Non voglio dargli retta. «Berenice, ma sei andata via di testa?» Lo ignoro, appoggio il mio quarantuno e faccio leva per alzare l'altro. «Berenice, ma ti sei ammattita? Scendi da quello sgabello e ne parliamo.»

Non riesco più a ignorare. «Che cazzo vuoi?»

«Tutto, nella vita, si può rimediare.»

«Io, non ho niente da rimediare. Voglio solo togliere il disturbo.» alzando con fatica la grossa ed enorme gamba, piena di cellulite e di ciccia.

«Non ci disturbi affatto! Siediti e spiega, come una persona sensata.»

«Non c'è un modo razionale di spiegare la delusione. È un abisso, qualcosa che ti scava dentro scatenando rabbia, rancore e nessun altro sentimento. Tutto è cominciato quando ero bambina, con mia madre. Ci si sente delusi quando si dà tanto, ma non si riceve comprensione né apprezzamento. A quel punto, decidi di gettare la spugna, perché capisci che non hai più voglia di insistere o cercare di comprendere. Chi? Gli altri? E io? Visto che continuerebbero a non capirti. Ti ritiri, cala il sipario, si spengono le luci, finisce lo spettacolo. E buona notte.» In bilico cerco respiro, per un secondo devo riposare, è stata una faticaccia. L'altro arto rimane in attesa che ritorni la forza.

«Ti ricordi Berenice, il nostro discorso? I coleotteri sono importanti!»

«Io, non sono importante.»

«Alcuni coleotteri sono in grado di produrre sostanze chimiche utili o difensive, che vengono utilizzate per scopi vari, come la difesa personale o la comunicazione chimica.»

«Ma dai che cazzo stai a dire?»

«Altri sviluppano meccanismi di difesa unici, come secrezioni tossiche, o mimetismo, per proteggersi dai predatori.»

«Bla, bla, bla. Non mi fermi.»

«Tu sei un bellissimo scarabeo, ma ancora non lo sai.» affermò il fiore.

È passata una settimana da quella notte malinconica che aveva scatenato in me la voglia di morire. Sono nella medesima posizione, capelli sparpagliati sulla testiera, ho lanciato le lenzuola giù dal letto, ho caldo, guardo ancora le linee del giorno arrivare fino al soffitto blu. Ma non sono più io... cioè forse sono la vera io. Ho capito che posso emozionarmi.

Nel giro di una settimana la mia percezione sulla vita è cambiata. Ora voglio vivere!

Mi piace il suo sguardo su di me, nascosto tra gli scaffali dei vini... lo vedo.

All'inizio pensavo di sbagliarmi, mi guardavo attorno per capire se c'era una delle mie colleghe, o un'altra bella ragazza. Invece ero sola e indirizzava a me le sue meravigliose iridi da fiordaliso blu. Ieri per la prima volta mi ha sorriso, mamma mia che bocca, che fila perfetta di denti. E anche la mia automaticamente ha alzato gli angoli, credo che il risultato fosse maldestro: è da tantissimo che non sorrido. È durato solo un nanosecondo, poi ho chinato la testa, confusa ero travolta da una nuova sensazione, come se una bomba avesse scosso il mio mondo. Il fragore era così assordante che a malapena ho avvertito qualcosa scollegarsi nel mio cervello, con un semplice e quasi trascurabile "tac". Con certezza ingenua, sorrido ancora, pervasa da un eccitazione strana: rido.

I miei pensieri su di te sono roba mia, nessuno li può rubare. Voglio tenermeli stretti, intrecciarli come una matassa che nessuno può sciogliere. Sono pazza dei tuoi occhi infiniti, voglio proprio mangiarli interamente. Ti mando baci nell'oscurità senza toccarti, solo con un soffio ti sfioro e ti stringo forte come il vento. Sei come una raffica che attraversa il cielo in un baleno. Mi accontento così, non chiedo di più. Voglio amarti anche solo con l'idea, intanto amo me.

Non vedo l'ora che la sveglia suoni per andare all'interno del caos del supermercato e noi... occhi dentro occhi siamo staccati da tutto, siamo nella nostra espressione profonda.

Non aspiro a nulla più, sarebbe impossibile, già così sono all'apice.

Wow, quanto poco traffico. Solo pochi veicoli, magari sono tutti in vacanza. Ignoro l'unico camion che sorpassa senza dare la precedenza. Sbircio lo specchietto laterale, ma non ho voglia di superare, così disattivo la freccia e resto tranquilla. La voce della Pausini mi tiene compagnia fino a quando arrivo al parcheggio e trovo l'adorata piazzola all'ombra, libera per me.

Saluto Tania, lei non risponde, è concentrata sulla proposta d'ordine.

Saluto Beppe, il caporeparto è impegnato a controllare il quantitativo sul bancale.

Da dietro mi arriva la voce del direttore, chiede a Tania se ha concluso, mi giro e lo saluto.

Nessuno mi ha risposto. Nonostante ciò, non hanno sciupato la mia inconsueta e impalpabile allegria di questo inizio giornata.

«Ciao, per fortuna sono in turno con te, non sopporto più il muso di Berry.» disse con un sospiro di sollievo Tania.

Giulia si alzò dal pavimento, dove stava pulendo sotto gli scaffali di esposizione. Il suo grembiule stampato con foglie d'edera si era impigliato sull'impugnatura della scopa, ma senza preoccuparsi troppo, rimase a guardare la collega. Quella mattina aveva deciso di mettersi un grande nastro verde in testa, aveva raccolto i suoi biondi capelli leggeri come seta. Fece un piccolo sorriso, che evidenziò due fossette sulle guance. Con i suoi occhi azzurri, la guardò con intensità, la bocca a forma di cuore si aprì per parlare: «Ma perché sei così inviperita con lei?»

Tania prese un respiro profondo e cercò di spiegarsi meglio: «Non la sopporto perché è sempre arrogante e si comporta come se fosse superiore a tutti gli altri. Non rispetta il lavoro di squadra e pensa solo a sé stessa. Mi dà sui nervi.»

«Non credo che lei ti abbia fatto qualche ingiustizia. È talmente buona.»

«La conosci?»

«Così, così.»

«Allora non la conosci.»

«Ragazze, stiamo qui a chiacchierare o a lavorare? Tania, hai finito la lista? Giulia, spicciati che tra poco aprono.» Il direttore prese il foglio che Tania gli porgeva e aggiunse battendo le mani: «Forza, forza, qui si lavora!»

Le ragazze continuarono con serietà i propri compiti. Benché con bisbigli proseguirono a discutere: «A me fa tanta pena, a te no, Tania?»

«No! Se lo volesse, potrebbe impegnarsi di più per il suo aspetto.»

«Ma che ne sai di che cosa abbia passato, o stia passando tuttora Berry.»

Tania consegnò le due piante prenotate alla signora in attesa. Giulia rispose al cliente che chiedeva informazioni sulle piante aromatiche.

Rimaste sole, decisero di andare assieme in pausa.

Lungo il corridoio Giulia chiese: «Ma tu conosci l'affascinante Leo?» Vide la collega diventare rossa e aggiunse: «Ahia, anche tu!» entrarono nella stanza delle macchinette, in quel momento vuota inserì la chiavetta, pigiò il pulsante caffè e facendole l'occhiolino disse ridendo: «Credo che io e Berry, siamo le uniche a non aver ricevuto avance da lui.»

«Giulia, le avance le ho fatte io, lui non ha mai fatto un bel niente, ma sono rimasta a bocca asciutta. Io, non gli piaccio.»

Si sedettero con la bevanda in mano e tra un sorso e un altro.

«Si dice, che se le sia fatte tutte, ma ho parlato anche con le ragazze di altri reparti, sono loro che gli fanno la corte; alcune dicono di esserci andate a letto... altre dicono che è gay.»

Il colpo di tosse di Giulia e il rimanente caffè a terra, fece scaturire una grandiosa risata.

Entrò Vincenzo. «Ciao bellezze, perché tanta allegria?»

Tania cercava di calmare le lacrime per l'ilarità, continuava a spostare la mano da destra a sinistra, con l'altra si teneva la pancia, raggiunto un discreto equilibrio disse: «Alcune colleghe dicono che Leo è gay.»

Il ragazzo sbarrò gli occhi e dichiarò: «Assolutamente no, ne so qualcosa.»

Giulia affermò: «Beh... io no, Tania no, nemmeno Berry, ho capito che nemmeno altre.»

Si intromise la collega: «Ho delle amiche qui dentro, dichiarano che sono state loro a fargli una corte spietata, ma senza concludere nulla.»

«Avrà gusti sopraffini!» rispose Vincenzo sedendosi vicino.

Giulia guardò l'ora sul cellulare. «Oddio, abbiamo finito la nostra pausa.»

Si alzarono, sentirono la voce di Alessio alle loro spalle: «Chi è Berry e chi è gay?»

Dopo aver timbrato il cartellino ed essersi cambiate negli spogliatoi, uscirono assieme.

«Resti qui a farmi compagnia fintanto mi fumo la sigaretta?»

«Scusa scappo, non voglio incontrarla.»

Giulia si appoggiò al muro, prese l'accendino e si accese la sigaretta. «Ne vuoi una?»

«Tra quanto arriverà.»

«Tranquilla, oggi non viene.»

«E i fiori?»

«Oggi pomeriggio, il punto vendita verrà gestito da Beppe.»

«Bene, ok ti faccio compagnia.» Accendendo a sua volta la sigaretta.

«Ci sarai anche tu alla festa in spiaggia?»

«Sì, al Tunga-Tunga, chi ha dato questo nome?»

«Io!» Altra risata. Con tocco gentile fece cadere la cenere nell'apposito contenitore e si rimise l'estremità della cicca nell'angolo della bocca. «Sai Tania, ho chiesto anche a Berry.»

«Oh no!»

«Oh sì.»

«Ma perché?» Anche Tania si appoggiò sul muro del grande fabbricato, posto nel lato est, vicino alla strada bordata di alberi, percorsa solo dai dipendenti per raggiungere i parcheggi dedicati. Fece una smorfia, aspirò un'altra quantità di fumo facendolo scivolare delicatamente giù, verso i polmoni, dopo aver gustato appieno il sapore, espirò una nuvoletta; nell'aria si diffuse il sentore speziato e si mescolò con l'intenso profumo dei fiori dei tigli, alla conclusione, disse: «Allora, io non vengo.»

«Sei crudele, amica mia.»

Voglio raggiungere il negozio di costumi, voglio passare per il centro, voglio comprarmi un bel gelato.

«Le sta tanto bene, il verde le dona molto.»

«Però è un tantino vivace.»

La commessa prende in mano quello blu e anche il nero e dice: «Se vuole abbiamo anche questi colori, ma lei è entrata vedendo il verde in vetrina.»

Sorrido. «È vero!»

«Quindi, era già intenzionata per questo, se vuole abbiamo anche il coordinato copricostume. Come vede, ha degli schizzi sullo stesso tono, il resto è blu.»

«Ottimo.»

Assaporo il gelato con tutte le papille gustative che ho a disposizione, mi piace il cono, ne ho preso uno grande, Stefania mi aveva chiesto: «Quante porzioni?» Senza ricordare il mio consueto.

Precisai: «Ne voglio quattro.»

Mi sorrise e prese la coppetta. «Che gusti?»

Indicai il cono. «Fragola, pistacchio, amarena, cioccolato e tanta panna. Grazie.»

Il biscotto stava in equilibrio precario sopra la panna e, a sua volta, essa stava sopra il gelato… che stava sopra al cono.

Stranamente non badavo al chiacchiericcio intorno a me, o ad alcuni sguardi intensi, sì osservavo tutto, ma non me ne preoccupavo. Avevo il mio gelato, nella borsa l'ultimo mio acquisto e con soddisfazione avevo fatto la passeggiata in centro. Posso affermare che ho ripreso a vivere, certo sono andata nel negozio che aveva le taglie forti, ma con un semplice sguardo e un sorriso, lui mi ha salvato la vita.

Ho persino accettato di andare alla festa, Giulia mi verrà a prendere.

Le avevo detto: «Guarda Giulia, non è per me, io non ballo.»

E lei con la sua voce cristallina: «Berry, non serve che lo fai se non ti va, puoi comunque rimanere in spiaggia e ammirare il falò.»

La parte nascosta in me, aveva risposto da sola. Forse dal momento che ho ricevuto quello sguardo sono cadute le mie reclusioni. Certo Giulia è ancora una smorfiosa, ma è l'unica che mi parla, che chiede la mia compagnia, che sorride verso il mio viso.

Passo la lingua da un gusto a un altro, mi è sempre piaciuto il gelato... credo da quando mia madre lo nascondeva per darlo a mio fratello. Con lui si doveva insistere, mangiava poco, era magrissimo; Teresa, nostra madre, gli riservava tutto. Ho sempre misurato l'affetto in questi termini: offrire grande quantità di cibo = tantissimo amore. Togliere cibo = scarsissimo amore. Sono arrivata all'ultimo gusto: fragola, il caldo cerca di farlo scivolare dai bordi del cono, ma io con la lingua abilmente non glielo permetto.

Con soddisfazione anche la punta approda in bocca, prendo una salvietta consapevole della necessità di pulizia. Ripenso alla delusione che ho provato tre giorni fa, era transitato vicino al reparto fiori, ma non mi aveva rivolto nessuno sguardo, né tantomeno sorrisi. Per fortuna la frustrazione è durata poco: il giorno seguente ho trovato un messaggio sul block-notes personale: *"Ciao Bertilla."* Sì, ok, ha sbagliato nome, ma lo perdono. Sono contenta e sorrido a me stessa, consapevole che domani lo rivedrò.

Riattraverso con più leggerezza il centro, ripercorro volando la tangenziale, dai finestrini abbassati esce una melodia ritmica, salgo con premura le scale: approdo di fronte allo specchio e le dico: «Ciao.» a quella figura spettinata.

La guardo: Giulia opera, sorride, parla e gesticola, tutto nel medesimo momento, i tintinnii degli innumerevoli bracciali si diffondono tra gli scaffali stracolmi di aromi, corolle, boccioli, spighe e foglie; la clientela nei dintorni si gira per osservarla.

Lei con la sua voce cristallina. «Tesoro, siamo d'accordo per questa sera?»

«Sì, Giulia.»

Si ferma, mi guarda. «Cosa è successo?»

Alzo le spalle, faccio un diniego con la testa, lei continua a guardarmi, viene vicino, si appoggia allo scaffale e ride, si accendono le fossette sulle guance, con lentezza si toglie i guanti, sento la sua voce. «Ma a chi vuoi darla da bere? Stamattina, vedo che hai messo il rossetto!»

Percepisco tanta curiosità. «E allora?»

«Tu non mi freghi. C'è qualcosa di nuovo?»

«No, nulla: a parte uscire con te.» "Mi vergogno di parlare di lui."

«Ah, è tutto merito mio, ho fatto bene a insistere. Cara amica, ne sono felice e stasera Tunga-Tunga.» E lei, alberello in una mano, nell'altra le forbici fa un passo di danza, una giravolta e scoppia in una scrosciante risata, poi dice: «Ti va bene se vado prima io in pausa?» E prosegue verso gli scaffali dei vini canticchiando: «Tunga-Tunga, Tunga-Tunga.»

Non ero mai stata contagiata dall'esuberanza di Giulia, anzi per causa della mia chiusura, la definivo frivola, smorfiosa e cretina. È così... però è anche una persona di cuore, sensibile, tutto la tocca, la raggiunge, la commuove, la travolge, la arricchisce. Prova dolore e felicità per gli altri. Vive le cose in profondità, attraverso la pelle, le parole e la sua bellezza. È colma di doni. Dentro e fuori di lei qualcosa sempre danza. Ha sofferto? È stata ferita? Nulla trapela dalle sue labbra.

Forse può perdere l'equilibrio con più continuità di molte persone con sensibilità normale, ma non lo fa vedere. La sua empatia rappresenta la sua forza, solo quando ho abbassato la guardia, da quando non ero più concentrata solo su me stessa e sulle mie paturnie, ho compreso. Questo non vuol dire che mi piaccio ma...

«Sì Berenice forse stai diventando uno scarabeo-eo-eo-eo.»

Sorrido al fiore che mi sta parlando e gli dono un bacio.

Percepisco uno sguardo, alzo la testa e lo vedo. È appoggiato con la schiena sull'esposizione dei cartoni di Lambrusco in offerta, una gamba avanti all'altra, braccia incrociate e un sorriso da baciare. No, non voglio abbassare la testa, voglio sorridergli, voglio che capisca quanto mi piace. Sento le guance incendiarsi, lo vedo cambiare posizione, lo vedo venire verso di me, oddio che faccio? Abbasso la testa, percepisco il secondo tac e aspetto quella voce... «Buongiorno.» In preda a un'infinità di sussulti, rialzo la testa.

«Buongiorno, mi può confezionare questa pianta, è un regalo per mia moglie.»

Guardo l'uomo di fronte, delusa e felice allo stesso momento.

Di lui nessuna traccia, rispondo sorridendo al cliente: «Buongiorno, certamente.»

Capitolo 5

Si prova l'ennesimo vestito, la commessa ci invia l'ennesimo sguardo accompagnandolo da un cipiglio e con solo la punta delle dita prende gli abiti accumulati.

Giulia esce dallo spogliatoio con addosso un altro rosso e depositando sul tavolo uno nero. «Come ti sembra?» Lisciandosi la gonna, una sfilza di campanellini suonano dalle sue braccia, la sua risata si diffonde nell'impeccabile negozio, i pochi clienti si girano verso lei, con la faccia corrucciata. Credo che nessuno di loro avrebbe osato fare quella sghignazzata così volgare. Giulia serenamente si riflette nel grande specchio, inserito sulla parete decorata a tulipani; io le sono dietro.

L'immagine copre solo la metà della mia.

Ci incrociamo con gli occhi, all'istante spegne il sorriso, si gira mi deposita un piccolo bacio e cinguetta: «Questa gonna starebbe meglio a te.»

La squadro stupita, come per dire: sei scema non vedi la differenza?

Invece mi spinge in camerino, ci entriamo con difficoltà, spostandosi nell'angolo si toglie la gonna e me la passa, mi aiuta a levare il vestito e insiste a farmi entrare nell'abito.

Le dico all'orecchio: «Non scende più di così.»

«Wow, che bella minigonna.» dice allargando braccia, occhi e bocca.

Faccio una smorfia alla mia immagine e aggiungo: «E come sempre spunta la parte alta delle tette: nondimeno questa volta, anche le mie floride gambe.» La risata di Giulia mi contagia... rido di me.

«Ma signorina non vede che non abbiamo la sua taglia!» Mi apostrofa la commessa, con la faccia contegnosa. Vergognandomi ridivento seria, abbasso la testa e ritorno in camerino.

Bisbiglio a Giulia: «Quale ti prendi? Ti stavano bene tutti.» Chiude un occhio e non risponde.

Poi rivolta alla commessa. «Non ho trovato la mia taglia»

Mi prende per la mano, inizia il tragitto verso l'uscita a passi veloci continuando a ridere sguaiatamente, tutti gli occhi sono puntati su di noi. Raggiunta l'uscita mi trascina nel negozio a fianco, chiede alla commessa: «Non ho trovato la mia taglia nel negozio accanto: spero di trovarla qui.»

«Mi dispiace non abbiamo la sua, questo è un negozio di taglie forti.»

«Perfetto!»

Siamo fuori, tra la folla dell'ora di punta.

Avevo detto con occhi sbarrati: «Giulia, non è il caso che paghi te.»

«Tesoro, certo che lo è, ho voglia di farti un regalo, sei o non sei mia amica?»

Per la verità, sono rimasta un po' a pensarci, non sapevo come definirmi, io, non sono mai stata amica di nessuno. Poi la mia bocca ha parlato: «Sì, sono tua amica e ho scoperto che comprendere questo è una sensazione gradevole.»

Siamo in giro per il centro, con il medesimo vestito, a me sta... diciamo abbastanza bene, non nasconde la ciccia, ma il risultato non è niente male.

A lei sta largo, sembra un clown, accorgendosene si sbottona e lascia aperto tutto il davanti, espone in evidenza l'intimo nero. La guardo e ammetto: «Sei pazza amica mia.»

«Stasera sei arrivata prima tu, cosa hai preparato? Mhh sento un buon profumo.»

«Ciao Anna, non ho più tutta quella quantità di camicie da stirare, non ho le scale, il lungo corridoio da spazzare, prendo lo stesso stipendio, sono meravigliata e contenta.» Nel mentre impiattava il risotto.

Arrivò la voce di Anna dal bagno. «Ha messo la testa a posto il tuo capo?»

La madre aspettava che entrasse in cucina. «Della Vecchia non ha la testa, se l'è dimenticata all'interno della spirale.» Risero divertite.

Anna si accomodò. «Risotto con i peperoni. Il mio preferito! Vuol dire che sei proprio serena.» Prese la sua mano, la guardò nei suoi identici occhi e scoppiò in una fragorosa risata, le guance si colorarono di carminio: «Non riesco a trattenere, ho conosciuto una splendida creatura... vedessi che bello, che eleganza, educato nel suo un metro e ottanta, quasi novanta.» La madre la vedeva in una miriade di espressioni, proferiva e nel frattempo mangiava le forchettate di risotto. «Vedessi, che sguardo, che spalle... che fondoschiena.» La madre sentì un brivido percorrerle sul dorso, la bocca si arrestò, il pensiero la prese: guardò intensamente Anna, la bloccò. «Mamma che c'è?»

«Che colore hai detto che ha gli occhi?» Si sentiva annaspare nella paura, in una miriade di supposizioni. Il gelo si impadronì della stanza.

Anna con voce strozzata. «Non l'ho detto.»

La madre incalzò: «Che occhi, dimmi il colore.»

«Blu.» All'istante si portò la mano alla bocca, spalancò le orbite. «Mamma mi fai paura... a cosa pensi?»

«Dammi altre informazioni.»

La voce di Anna usciva stonata, contagiata dal panico creato, ma nello stesso tempo non lo capiva, con velocità le elencò: «Si chiama Evan, porta gli occhiali, gli piace vestire in nero, abita in un appartamento nel capoluogo, è uno storico d'arte... e viaggia in moto.»

Daniela emise un respiro profondo.

«È tempo di ferie, siamo in meno per turno.» Dennis guardò il suo collega, stranamente non lo vide attento. «Leo dove sei, con la bruna, o con la bionda?»

«No scusa, avevo visto qualcosa di sospetto.»

«Ma a chi la dai a bere.»

«Ok, era un cliente ambiguo, ora è tutto a posto, mi dicevi?»

«Sì.» rise e continuò a mormorare: «Sei contento che nella maggioranza dei turni siamo in uno?» Guardò il collega sorridere: «A te va bene?»

«Non ho problemi a stare da solo, tu sì?»

«Un poco, andiamo a fare giro donne?»

«Ma sei proprio fissato.»

«Io non ho il tuo successo.»

«E quindi?»

«Ho fame!»

«Ti do una dritta, alla donna, non piace leggere sul tuo sguardo che vuoi immediatamente scopartela, devi corteggiarla piano senza fretta, devi farle sentire di essere una principessa e soprattutto non sbavare.»

«Parli bene tu, per te è più facile, con il fisico che ti ritrovi.»

Leonida gli appoggiò le mani sulle spalle, spense il sorriso dal suo volto e parlò con serietà. «Io, il fisico e la mia bella faccia, me li sono guadagnati, non credere che per me sia stato tutto facile, io ci ho lavorato sodo.» Comprese che lo stava stringendo con esagerazione, allentò la presa e gli girò le spalle: «Comunque tutto è un gioco, nella vita sei sempre costretto a giocare.»

«Leo che ti capita?» gli mollò una manata sulla schiena: «Dai andiamo a vedere la cicciona e la sua visione ti farà sbellicare.»

«No!»

Ho spalancato la porta della quarta classe di scienze: ero inviperita. Il tonfo dei miei passi riempie il lungo corridoio; nessuno mi segue.

Una vocina nella testa ripete: «Berenice no, Berenice non lo fare! Non te la prendere per qualche insulto, per qualche maledetta sghignazzata. Sei abituata!»

Appoggio il libro sul piano del finestrone, l'immagine della copertina è ammaccata, dopo essere atterrato con decisione sulla testa di Mattia il più fastidioso di tutto il branco. Chiudo gli occhi per il troppo sole, afferro la maniglia, il vetro tintinna, schiaccio le palpebre e l'apro. Le vertigini sono nulla in confronto al calore di questa bella giornata di maggio. Ho cercato di resistere, ma ora non posso più tirarmi indietro. Devo zittire questa maledetta voce che nega l'evidenza, dopo quell'uscita clamorosa dall'aula, dopo quel cazzo di derisione: sciocca e poco offensiva dicono?

Tentenno, socchiudo gli occhi: il cortile, il viale, il parcheggio, gruppi di ragazzi felici: mordo le labbra. Più in là, la strada, anche ora è un casino di veicoli rumorosi. Sotto di me, i tre piani dell'istituto Albertini: la mia prigione.

Non posso continuare a rimandare; tutti comprenderebbero e sarebbero d'accordo. Gli esseri umani muoiono, lo senti continuamente alla TV, qualcuno si è suicidato. Non fa nemmeno più tanto clamore. Si ascolta la notizia, ma continui a fare quello che stavi facendo, non ti fermi mica per un cazzo di persona che si è buttata dal quarto piano? La vita continua, si va avanti, dicono quelli vivi e felici. Una goccia di sudore cade ai miei piedi, osservo la piccola chiazza di umidità vicino alle nuove scarpe. Mia madre ha voluto comprarle, benché sembrassero più grandi di due numeri: e io già ho una grande stazza. Sono la più grande della classe e la più grassa. In questo nessuno mi batte, ho un primato. In questa strafottutissima gara sono arrivata per prima. Risento la rabbia abbattersi sullo stomaco.

Una minuscola lacrima bagna le labbra, amara come era stato il veleno ingoiato per dispetto a dieci anni. Anche stavolta, per agire mi bastano due minuti. Il calore mi avvolge ma tremo.

Due minuti e il mio corpo si spiaccica di sotto, immagino i commenti.

«Che grande chiazza, copre un'intera piazzola.» Certo: il parcheggio di un'auto di grossa cilindrata, o un suv, di quelli che si arrampicano su strade sterrate. Io non ci sono mai riuscita, nemmeno camminando piano e stando attenta a non inciampare sui sassi. Due minuti e addio a tutti i deficienti. Compreso mio fratello, mia madre e raggiungo finalmente mio

padre. La mia vocina mi contraddice. "Tu non vai dove c'è lui." Stavolta sono d'accordo. Io andrò all'inferno.

Trattengo il fiato, alzo gli occhi verso il cielo, lo seguo in tutta la sua bellezza, non c'è nessuna nuvola, li richiudo e mollo la presa e ...

Vengo afferrata da qualcuno. Tira e scuote con insistenza.

Il mondo attuale si insinua nel vortice dei pensieri: luce, ossigeno, musica, parole, fame, sete, croste. Sciogliersi. Ah, ora ricordo questo maledetto presente: l'altra prigione.

«Bertilla, Bertilla, tesoro, svegliati. Ti ho portato un po' di minestra, la vuoi?» Scatto in piedi, sorrido e accetto con infiniti assensi. «Piano, tesoro, non ingozzarti. Una donna come te non può consumare il dono con un atteggiamento volgare, come fossi un maialino. Tu sei la mia donna, sei il mio infinito amore. Lo sei?» Non ho tempo per rispondere, devo mangiare ma piano, una piccola cucchiaiata alla volta per fargli piacere. «Ti ho fatto una semplice domanda, Bertilla, sei la mia donna?

Non ci vuole un'eternità a rispondere.» Che buona, sono a metà, non ho tempo per rispondere. Un altro po' e ho finito: mi scappa dalle mani e cade per terra, sorpresa guardo il liquido disperso sul pavimento. Alzo lo sguardo sulla sua mano tesa. Sento percosse in ogni parte a tal punto da farmi vomitare.

Con l'oscurità ritornano i demoni del passato.

Nascosta dietro la porta della cucina, tengo stretto il mio prezioso tesoro. Già mentre tolgo l'involucro, lo assaporo; in bocca una quantità di saliva sta aspettando la dolcezza. Anche stavolta sono riuscita a sottrarlo all'acciuga, che è un imbecille. Scrollo le spalle accompagnando un bel "me ne frego." Non posso vivere senza gelato! Lo scarto piano, ma con fermezza stando attenta, lecco la carta azzurra, niente si butta.

Soddisfatta della prodezza, addento di lato. La bocca percepisce granella caramellata, scagliette di cioccolato e una nuvola di panna. Caro, sei il preferito: a parte la pastasciutta, il panino con il salame, una grande bistecca... uhm, le patatine fritte: esilaranti.

La punta della lingua porta all'interno la bontà, si propaga come miele nelle vene. Ascolto attentamente ogni suono che giunge. La sua voce sembra lontana, forse è fuori o di sopra in una delle camere; questo mi dà il coraggio e proseguo. Ficco il cono nella bocca, un'ondata di freschezza raggiunge la gola: divino.

Rumore di passi che si avvicinano: il terrore mi attraversa.

Nascondo il gelato dietro la schiena.

«Berrenica!»

Il suo sguardo è una combinazione di minaccia e tensione, continua a ripetere «Berrenica, Beeerrenica.» storcendo la bocca, ingrossando il collo, allargando al limite gli occhi. «Ma quante volte te lo devo ripetere: i gelati sono di Osvaldo.»

Controllo la sequenza per capire il grado del rimprovero, vedo che ripiega le braccia in petto: è il massimo. Pulsano le lacrime, faccio no con la testa e le dico con voce tremante: «Non ho mangiato nessun gelato.»

«Beeeerrrenica, pulisciti la bocca.»

Il dolore dello schiaffo persiste, il labbro si è gonfiato. Ho gli occhi di fuoco a causa del pianto. Il buio della stanza mi avvolge, sono sola, sono triste, sono niente.

Mi sveglio e ripeto: sono al buio, sono sola, sono triste, sono niente.

Capitolo 6

Guardo la fiamma muoversi verso l'alto, ora di lato, poi si abbassa, ora esplode in tutta la sua potenza e diventa grande. Illumina tutti e ognuno si riflette all'interno degli occhi. A tutti ho ripetuto che non volevo ballare e mi è sembrato di sentire la loro voce amareggiata.

Seduta sul plaid, circondata dall'odore pungente di salsedine, storco il naso.

Poi vengo catturata dall'intensità della musica e dalla forza della danza.

Il gruppo variopinto è all'interno di essa.

Mani, piedi, testa, viso in un ritmo costante.

Ho iniziato con le braccia, ho proseguito con le spalle e… sono corsa all'interno del cerchio.

Ho ritmo, ho fiato, ho… fuoco.

I sobbalzi delle tette, della pancia e del culo, mi permettono di dare una cadenza perfetta alla musica. Le gambe volano, faccio una piroetta, mi riesce bene e ne faccio un'altra: felice, scateno le spalle, le braccia la seguono, poi la testa, i capelli si sciolgono dall'oppressione e ballano, danzano in questo ritmo impazzito e tutto gira.

Urlo l'attacco della canzone, urlo a squarciagola il ritornello, urlo e le mani salgono assieme a quelle di tutti. In questa danza furibonda arriva l'ultima nota, l'ultima vocale: tocco il cielo, vengo trascinata nel mare.

È passata una settimana, ho ancora il canto in bocca e il fuoco nelle vene; nel frattempo che sorseggio il caffè, sorrido e ripenso alla grande serata, alla grandiosa compagnia e all'immensità della musica.

Nei giorni a seguire ho cambiato la percezione, ho modificato l'ascolto, mi sono lasciata contagiare da tutto, ho compreso quale melodia o brano preferisco, ho fatto attenzione alle parole: ho continuato a cantare.

Sono nel mio angolo preferito, attorniata dai fiori del terrazzo.

Il sole mattutino mi illumina il volto, lo lascio fare: siamo diventati quasi amici.

Il sorriso di lui mi arriva davanti, mi copre tutta, sento l'emozione salire e accendermi le guance.

Arriva una voce. «Berenice sei felice?» Osservo il solito fiore, gli tolgo una foglia gialla. Chiudo gli occhi e assaporo la felicità. «Berenice non rispondi… dove sei?»

«Sono con lui, con tutta me stessa.»

«Ci sono novità?»

«Ma sei un fiore impiccione, ebbene sì, ho ricevuto un regalo.» La mia bocca continua a sorridere imbarazzata.

«Dai racconta.» Entro, poso la tazzina sul lavandino, odo un richiamo, considero il vasetto di cioccolata, rimango stupita perché non ne sento la necessità; ritorno fuori con l'innaffiatoio in mano. «Dai racconta... ti ha baciata?»

«Ma cosa stai a dire... non ancora. Invece mi ha fatto un regalo.»

«Bello?»

«Bellissimo! Nel mio quaderno di lavoro, ho trovato...»

«Sputa, non tenermi sulle spine.» Controllo la secchezza del terriccio, passo da un vaso a un altro, verso dell'acqua a chi ne ha bisogno, la vocina alle spalle continua: «Non tenermi sulle spine!» Mi giro e rido ancora e gli dico che non è una rosa. «Sei un fiore di gardenia e non dovresti nemmeno parlare. Comunque, per fartela in breve: mi ha regalato una margherita e una dedica.»

«Che dedica, che dedica, Berenice.»

«Ha scritto: *"cercami, cercami, Bertilla cercami."* ok sbaglia il nome, ma lo perdono. All'istante l'ho cercato nel mezzo degli scaffali, nei corridoi vicino al mio reparto. Sentivo che mi guardava, ma si nascondeva... credo che gli piaccia giocare.»

Sono tornato, ho messo il bolide fiammeggiante nel garage; sono entrato e al mio comando si è accesa la melodia. Ho controllato che la governante abbia fatto tutto alla perfezione, poi ho mangiato un boccone, ho fatto la doccia e ora sono di fronte a me. Mi strizzo l'occhio e reitero.

Sarò gentile, educato, rispettoso. Mi comporterò in maniera eccelsa.

Ti corteggerò, userò parole straordinarie per descriverti.

Ti porterò in alto facendoti vivere la fiaba più bella che non avrai mai osato immaginare.

Sarai principessa, sarai regina del mio trono.

Sarai come io ti voglio e tu sarai felice di giocare in questo gioco perfetto: creato da noi e per noi. Avrai a disposizione tante porte da aprire, tanti corridoi da percorrere e una catena.

Dovrai scavalcare gli ostacoli che ti metterò, dovrai superare le prove, perché senza di esse non si può giocare. E sarai felice di superarle per me! Per rendermi contento.

Dovrò farti inabissare per poi salvarti, dovrò farti del male per poi guarirti e giuro ci riuscirò.

Io vinco sempre.

Sto studiando le tue mosse, le tue fragilità, i tuoi valori morali e userò tutto questo per colpirti, per portarti dove voglio.

E tu, impazzirai per me, ti annullerai, dubiterai di te stessa, dubiterai della tua verità; perché io sono la vera verità: avrò ragione anche nel torto e tu, tu mi chiederai scusa in ginocchio, mi chiederai di perdonarti per qualcosa che non avrai commesso.

Ripeto: io vinco sempre.

E quando arriverà quel meraviglioso momento sarai pronta.

Ti aspetterò al centro per donarti la cosa che desidererai di più. E tu! Tu Bertilla, come hai sempre fatto, mi pregherai, mi supplicherai, mi implorerai di farmi l'ultimo regalo.

Quello per cui sei nata.

Mi dono una carezza e deposito un bacio al cuore tatuato; davanti alla mia immagine, assaporo la perfezione del mio fisico. Distolgo lo sguardo, solo per prendere la camicia impeccabile e ritorno su di me.

Con gesti lenti e aggraziati la infilo, inserisco i bottoni in madreperla nell'asola, con calma senza fretta uno alla volta.

Appagato sorrido a me e fischietto la mia musica preferita che sta dentro alla mia casa, passa in tutte le stanze, vola ad alto volume attorno a me

♫*Dimmi chi sei… amore dei giorni miei… amoree*

Dimmi che mai... non mi lascerei mai. Dimmi chi sei, respiro dei giorni miei d'amore. Dimmi che sai, che non mi sbaglierai mai. Dimmi chi sei... il mio unico grande amore...

Stasera devo essere Evan.

Musica, voce del DJ: «Sono Frenzi, il vostro speaker preferito, lo so, lo so. Vi è piaciuto Bon Jovi e ora non poteva mancare lei... anzi loro. Paola e Chiara con il brano "Vamos a Bailar".»

Uscì dalla doccia, infilò l'accappatoio, ballando e cantando.

Il telefono squillò. «Sì Beppe.»

«Giulia, Berenice non si è fatta vedere, sai dov'è?»

«È da tre giorni che non la sento.»

«Prova anche tu a chiamarla, puoi venire al lavoro? Tania ha altri due giorni di ferie.»

«La cerco, ci vediamo tra mezz'ora.»

Mentre si asciugava e si vestiva, stava al cellulare e udiva la stessa risposta: «La persona non è al momento raggiungibile.» Poi più niente, non dava segnale.

Prese le chiavi, chiuse la porta e si mise in viaggio, con tanta preoccupazione in corpo. "So che ieri doveva vedersi con il suo uomo, mah, forse mi sto preoccupando per niente, sarà ancora tra le sue braccia e non vuole essere disturbata. Però non presentarsi al lavoro... che strano!"

Erano passati tre giorni e di lei nessuna traccia, Giulia e Tania sono state sentite dalla polizia.

Ma non sapevano e quindi non avevano aggiunto informazioni utili.

Nel supermercato si sentiva l'apprensione, qualcuno faceva ipotesi, altri dicevano che era fuggita all'estero con il suo uomo, perché ultimamente era cambiata tantissimo.

Berenice ora era sulla bocca di gran parte dei colleghi.

Il notiziario regionale inviò foto e chiese se qualcuno avesse informazioni riguardo a questa donna.

I fiori del terrazzo appassirono.

Mi prende la mano e al suo contatto fremo. Lui è consapevole e sorride.

Estasiata lo seguo, mi sta parlando del quadro che abbiamo di fronte, i suoi movimenti sono aggraziati in questa sua camicia bianca che gli dona signorilità e la mente non percepisce le parole ma solo la musica che sta in essa.

«Vedi Bertilla, questa è una delle poche opere di Van Gogh classificabile come "impressionista". Per l'artista questo tema è stato singolare. Nessuno pensava che avesse una chiave altamente poetica, ti piace?»

«Sì.» Ma non guardo il quadro, assaporo lui mentre è assorto.

Sento stringere la mano, mi sembra una carezza. "Sto sognando." si gira verso me guardandomi negli occhi e con gesto di una eleganza straordinaria deposita un leggero bacio tra le mie dita. Oddio svengo, temo che si possano vedere i fremiti in tutta me!

Fa segno di seguirlo e ci fermiamo davanti a un altro artista, la sua candida voce espone: «Renoir, questo quadro è il meno conosciuto dei suoi, benché altamente sublime. A me piace la naturalezza della posa che la donna assume, guarda Bertilla, non ti offre grazia agli occhi?» Non posso ignorare oltre le sue richieste e guardo l'opera, gli rispondo che è dolcissima. «Esatto! Vedi Bertilla che ci intendiamo?» sorridendo. Mi sento le gambe molli, incantata e ubriaca della visione della sua bocca. Lui deposita una carezza sui miei capelli, percorre tutta la lunghezza e arriva ai boccoli delle punte, ne prende uno delicatamente, se lo passa sul viso e dice: «Hai dei stupendi capelli fiammeggianti, vieni che ti faccio vedere la mia preferita e vedrai quanto ti assomiglia.»

Camminiamo, mano nella mano, cambiamo stanza; incrocio altri sguardi che ci guardano, come fossimo noi stessi un'opera d'arte... credo.

Il grandioso dipinto mi entra con una prorompente energia e difatti la donna ritratta mi assomiglia, gli chiedo incantata: «Chi è l'artista?»

«È un incanto, vero?» Punta lo sguardo verso me e ascolto le sue parole, mentre un fiume di tac accendono il mio cervello. «La pittrice Jenny Saville, negli anni settanta, era una delle più importanti e discusse artiste britanniche.»

Non reggo oltre il suo sguardo, chiudo gli occhi, li apro sul quadro, mi intrattengo sulla donna del dipinto, osservo tutta lei: gli abbondanti seni, le armoniose spalle, la pancia prorompente, le gambe con quei salsicciotti che non fanno notare la rotula del ginocchio; mi incanto sui suoi capelli rossi, pieni di sfumature come i miei.

La sua voce continua: «L'artefice affronta nei suoi dipinti il tema del corpo femminile e trae ogni piccola caratteristica. Vedi Bertilla, la donna nel quadro sogna a occhi aperti e io, ti vedo in lei. Questo è il capolavoro femminile che preferisco! Sei d'accordo con me?» Si avvicina e mi deposita un bacio sulla guancia.

Sono al settimo cielo, il mio corpo è talmente scombussolato da sensazioni che non so descrivere, il violento rossore mi impedisce di parlare, ma sono consapevole che immediatamente mi donerò a lui, ai suoi occhi, alla sua bocca e accetterò ogni sua richiesta perché... perché sono pazza di lui. Voglio toccargli la pelle, voglio che lui mi tocchi: sfortunatamente non in questo istante, appena me lo chiederà.

È notte, sono nella mia stanza, non riesco a dormire, guardo il soffitto blu e ascolto la musica ripetitiva che mi ha regalato. Avevo sperato, no! Ero convinta che mi avrebbe portata a casa sua. Di sicuro aveva capito che volevo appartenergli con tutta l'anima, con tutte le varie parti e cellule. Sì, anche quelle infinitamente piccole che ora gridano di essere toccate dalle sue affusolate e meravigliose dita. Invece mi ha regalato un CD.

Per giunta ha anche sbagliato: c'è solo una canzone.

Non l'ho ascoltato subito, ero troppo amareggiata, delusa e perfino arrabbiata, cosa mai starà aspettando. Sono stracotta di lui.

Le prime luci entrano dalle fessure e come sempre disegnano linee in ogni angolo e con rabbia urlo: «Gli avevo donato le labbra e avevo cercato disperatamente le sue!

E lui? E lui si è scostato dicendo: "Aspetta, Bertilla... aspetta non avere fretta. Tu mi apparterrai, ma ora non è ancora il momento. Non sei pronta per me."

Non sono pronta? Certo che lo sono! Per una "chiavata" con te sono prontissima.»

Una languida immaginazione di libidine mi procura umidità e una trepidazione nel mio fiore mai donato e mi tocco con le tue mani. Chiudo gli occhi, ti assaporo e poi sbocciano istinti sconosciuti.

Una donna può ardere dal desiderio di trovarsi vicino all'acqua, oppure distesa su l'arena, con il volto immerso nella sabbia, ad assaporare quel profumo selvaggio dei cristalli. Può aspirare a correre liberamente nel vento o a fianco di un lupo e... nelle notti di luna piena far emergere l'anima con l'ululato. Trovare le radici nelle profondità della terra.

Potrebbe bramare l'esperienza di arrampicarsi sulla montagna, balzando di roccia in roccia e facendo risuonare ancora la sua voce, ma cantando.

Potrebbe avere un bisogno profondo di arrendersi nelle notti limpide, quando le stelle sono brillanti e sparse su un tessuto di raso blu.

Potrebbe avvertire che la sua vita perde significato se non potrà danzare a piedi nudi nella tempesta, sedersi per riposare in totale silenzio, tornare a casa con i cristalli tra i capelli, tra le dita la sabbia, sporca di terra, di lacrime, di stelle... d'amore.

Una donna... sono forse io quella donna?

Percorro la tangenziale, come sempre in perfetto orario. Ho inserito il CD e a squarciagola canto: ♫ *Dimmi che mai... non mi lascerei mai. Dimmi chi sei, respiro dei giorni miei d'amore. Dimmi che sai, che non mi sbaglierai mai. Dimmi chi sei... il mio unico grande amore...*

Da un po' non impreco verso nessuno. Come lui dice, ora non posso più essere quella di prima, ora sono Bertilla.

Che tesoro, mi piace questo nuovo nome. È come me, nuova forma, nuovo modo di vestire, nuovo comportamento e nuova me.

Stamani ho lasciato i capelli sciolti, non voglio sciupare il nuovo taglio consigliato dalla mia parrucchiera. Lisa era da tantissimo che mi suggeriva di rinnovare l'acconciatura, ma io testarda avevo sempre declinato. Spero che al lavoro non diano disturbo, nemmeno a Beppe, il caporeparto.

Arrivata, parcheggiato nello stesso posto, entrata, cambiato abbigliamento, timbrato cartellino, percorro i reparti.

«Ehilà Berenice, che cambiamento.»

«Ciao Alessio, che bella esposizione di crostacei, complimenti.»

«Wow... Berenice, quasi, quasi non ti riconoscevo, stai bene con i capelli sciolti.»

«Ciao Piero, adoro il profumo di pane appena sfornato.»

«Ne vuoi una fetta?» aggiunge Marco.

Faccio cenno di no con la testa, li saluto e proseguo; mi arriva un caloroso buongiorno da Beppe. «Carissima Berenice, ti hanno fatto proprio bene queste tre settimane di vacanza, sembri un'altra e sei... sei perfino bella.»

«Grazie e buona giornata.» gli sorrido e sono felice.

Non avevo accettato di andare a Riccione con Giulia e la sua compagnia, volevo prendere del tempo per me. E non vedo l'ora di rivederlo. Cosa mi riserverà oggi: uno sguardo, un sorriso, un regalo, o l'indifferenza. Gioca e a me piace molto giocare.

Arriva Tania, sta ascoltando la musica, come di norma non si accorge di me.

Vado decisa verso di lei, le tolgo un auricolare e le dico: «Ciao Tania, è bello vederti.»

All'istante, sorpresa apre la bocca, ma non esce nulla, rimane imbambolata a guardarmi.

Da dietro arriva il responsabile. «Per diamine, Berenice sei stupenda: sei innamorata?» Arrossisco e dico di sì. «Chi è il fortunato, lo conosciamo?»

Con decisione scuoto il capo e di filato dico che non è di questa zona e che lavora altrove. Per nulla al mondo, Leo vuole che divulghiamo i nostri sentimenti e io sono d'accordissimo.

«Buongiorno, avrei bisogno di una pianta.»

«Ha già un'idea?»

La cliente mi fissa e non risponde, le sorrido e continuo a chiederle: «Vuole una azalea o una gardenia come le altre volte?»

«Oh, mi scusi, non l'avevo riconosciuta, è la stessa signorina che mi ha fatto le stupende confezioni?»

«Sì, sono io.» Imbarazzata rido.

«Mi dice come ha fatto a fare tutta questa trasformazione?» Mentre rispondo, avverto la collega ferma a guardarmi e ad ascoltare. La cliente continua. «Quindi c'è di mezzo un uomo? Beata lei. Comunque, oggi la lascio decidere, ho fiducia sui suoi gusti.»

Mentre sto confezionando, passa Caterina, una del reparto cassa. «Berenice vero? È questo il tuo nome?.»

«Sì.» Mi abbasso e prendo il nastro rosa.

«Sei diventata una bambola, non porti più quelli orrendi occhiali. Era ora! Aspettami alla fine del lavoro che mi racconti come hai fatto! Io non riesco a perdere questi dannati chili.»

«Ok, Caterina, a dopo.»

Saluto la cliente e ritorno a sistemare le gardenie che avevo lasciato in sospeso, si avvicina Tania e mi apostrofa: «È inutile che fai la smorfiosa, per qualche chilo in meno, per un taglio nuovo di capelli.»

La guardo, ha la bocca serrata, la mandibola contratta e il collo tirato, ricorda mia madre e me, quando non mi sopportavo e di conseguenza non sopportavo gli altri. «Tania, so che sei una bella e brava persona, non serve che ti ostini a essere sgarbata, ti capisco: ero così.»

Continua a guardarmi con un'espressione... la decifro tragica e le tremano pure le labbra, con uno scatto appoggia la pianta, si gira e sparisce.

«L'hai fatta arrabbiare?» Mi dice una pianta che sta nella parte superiore della mostra.

Oramai sono abituata a conversare con loro, non mi stupisco più. «Non volevo.»

Dall'altoparlante arriva la voce di Eleonora. «Buongiorno a tutta la clientela, vi informiamo che nel reparto fiori, ci sono le aromatiche in offerta, nel reparto detersivi, abbiamo la linea Biancofà in promozione.»

Ho chiesto a Beppe, se mi sostituiva, perché dovevo andare a vedere Tania, eclissata da mezz'ora.

«Sì, Berenice, hai fatto una bella trasformazione, ma è meglio che non lasci sciolti i capelli.»

Gli faccio un pollice in su.

Sono di nuovo nell'isola dei fiori, ho raccolto i capelli e non ho trovato Tania.

Il responsabile mi ha informata che è dovuta correre via e mi ha chiesto se sarò disponibile per la chiusura di questa sera.

Scuoto svariate volte la testa: sbuffo. Che collega disgraziata! Mi ha rovinato la giornata. Per un nulla se ne va e mi tocca fare anche la chiusura. Affondo il dito sulla superficie della terra. Bene, i gerani non hanno sete. Devo stendere i nervi, sennò mi sale il nervoso. Inspiro ed espiro, inspiro ed espiro. Allargo le narici e faccio uscire la rabbia dalla bocca. Inspiro ed espiro.

«Sono arrivati questi. Fai attenzione e sbrigati a esporre.» dice il caporeparto.

Urtata, lo guardo girarsi e percorrere molta distanza da me. Risale dalle viscere il fastidio, la tensione mi prende lo stomaco e avanza, arriva al petto. Passa per il collo e approda sui denti. Contraggo e non respiro, irrigidisco e non respiro.

Con impeto, prendo il primo vaso di vetro dal roll container e sorpresa mi rifletto... vedo la mia immagine con i nervi del collo gonfiati... cazzo, quanto somiglio a mia madre. Un dubbio prende a salire, anch'esso fa lo stesso percorso, passa per il collo ingrossandolo di più, approda sui denti e in bocca mi arriva... forse anche lei è stata mortificata a sua volta da mia nonna.

Esco sul terrazzo con una squisita terrina di insalata mista: pomodoro, cetriolo, peperone e lattuga, mi piace condita con uno spruzzo di limone, quell'acre sapore mi esalta le papille gustative.

In compagnia del profumo e della visione delle mie adorate gardenie mangio seduta sulla sedia nell'angolo, dove arriva sempre l'aria, anche in questo prorompente luglio.

Mangio piano e mi guardo attorno, per la via del canale non c'è nessuno che cammina, alle tre del pomeriggio questo sole non perdona.

Ho fatto pace con lui, non ci amiamo alla follia, ho la pelle delicata, ma siamo diventati amici. Nell'altra terrazza c'è

Elisabetta che stende i panni è la neomamma di una stupenda bambina.

Alzo la mano e la saluto cordiale, lei mi guarda perplessa con un'espressione tra il chi sarà questa e come mai ora mi saluta... credo. «Ciao Elisabetta, tutto bene?»

«Sì, grazie.» risponde con un tono leggero mentre io affondo la forchetta nella verdura.

«E la tua bambina?»

Si ferma e si sporge dalla ringhiera. Parla sottovoce. «Bene, ora sta dormendo sazia, ha mangiato tutta la pappa e ho dovuto darle un'aggiunta: è una mangiona. Ha quei rotondetti di ciccia che mi fanno impazzire. Continuamente li bacio.»

«Sei una brava mamma.» La guardo entrare e penso a mia madre: all'istante sale una rabbia.

«No, Berenice, non ti intristire per una persona che non ti meritava.»

«Hai ragione, caro il mio fiore giallo, ma è l'unica che ho. Devo scaricare la rabbia.»

«Hai comprato la bici, anche per questo, no?»

«Sì, hai sempre ragione, accetto il tuo consiglio e appena avrò sistemato, vado a correre per un'oretta.» Mangio l'ultimo grissino, l'ultimo pezzetto di pomodoro.

Lavo quelle poche cose che ho usato.

Metto il berretto, i pantaloncini da ciclismo, inforco la bicicletta e via.

All'inizio mi procurava fastidio avere la sella che entrava nel mezzo alle chiappe, ma adesso il mio culo è dimagrito un po' e nello stesso tempo è diventato tonico; il sellino non entra più.

Corro spedita nella strada sterrata costeggiando il canale, ho gli occhiali da sole e le lenti sono scure con sfumature rosa. Vedo l'acqua scorrere lenta e rosa, le chiome degli alberi che mi vengono incontro ed è predominante il rosa. Spingo i piedi per pedalare forte, guardo la ruota che mangia la strada, cerco di schivare le buche, i sassi troppo grossi e... corro come il vento, corro veloce, il più possibile che riesco; in questo ambiente rosato la rabbia scompare e lascia spazio a lui.

Oggi l'ho visto da lontano, era in compagnia di Dennis, ma credo che abbia evitato l'isola per non farmi imbarazzare... caro, pensa sempre a me. Sento trillare il cellulare, dal suono capisco chi è, anche lei è tornata al lavoro da poco, forse uno o due giorni.

Mi fermo e rispondo: «Ciao Giulia, tutto bene?»

La sua voce gioiosa mi arriva all'orecchio. «Tesoro, ma cosa hai combinato? Qui al lavoro, sei sulla bocca di tutti. Screanzata non ti sei fatta vedere prima a me.»

«Scusa Giulia, non ci ho pensato.»

«So che hai altro per la testa, quando me lo presenti?» Faccio una risata e mi sposto con la bici all'ombra, il sole è troppo forte per restare nella sua traiettoria. «Ehi, ci sei?»

«Sì, sì, ci sono, mi sono spostata all'ombra.»

Sento la sua risata e assieme dice: «Ti ricordi Berenice, quella volta dell'asciugamano?»

«Sì, non me ne parlare, poi a casa, ho talmente pianto che mi sono venuti gli occhi verdi, come diceva mia nonna.» Le nostre risate si mischiarono.

«Ciao mamma, tutto bene?»

Sua madre stranamente non aveva salutato, si era diretta in bagno, quando uscì sforzò un sorriso. «Vado a letto, perdonami ma stasera non mangio, ho lo stomaco chiuso.»

«È successo qualcosa?» Senza rispondere andò in camera. Anna la seguì. «Mamma, stai bene? Hai qualcosa che ti turba?»

«Non ho voglia di parlare.»

La figlia cominciò a massaggiarle le spalle, il collo. Poi passò alla schiena. Daniela seduta sul letto sospirava, a un certo punto, una lacrima le uscì e con voce tremante. «Ho visto i suoi occhi, sembravano iniettati di sangue.»

«Forse sei stanca e tutto ti sembra mostruoso.»

Scosse la testa. «Dentro a quegli occhi ho visto una lama affilata e la punta era rivolta verso di me.» Scrosciando in pianto.

«Non puoi andare avanti così, lascia questo lavoro, sei talmente brava che di sicuro ne troverai un altro.»

«Se potessi, ma non posso, non è più possibile.»

La ragazza continuava ad accarezzare, cercava di togliere tensione e consolare quel corpo in sussulti disperati. «Domani, vado io a dire che non sarai più disponibile.»

«No, assolutamente no, non voglio per nessuna ragione al mondo che tu parli con lui. È un uomo che tutto quello che dirai, lo gira, lo rigira fino a farti dubitare sulla tua decisione.»

«Andiamo dalla polizia?»

Daniela si prese la testa tra le mani. «E per dire cosa? Non ho visto nulla di sospetto… credo.»

«Mamma guardami.» Le prese il viso spostandolo verso di sé. «Ti ha mancato di rispetto? O hai visto qualcosa di strano?»

La donna annuiva, annuiva con decisione. Abbracciò la sua adorata figlia e con un filo di voce disse: «Ho visto una quantità esagerata di pannelli rossi. Che cosa può farne di tutta quella roba?»

«Dai mamma, pensavo cose peggiori.»

«Il problema è stato che tutta quella merce doveva arrivare quando c'era lui a ricevere. Vedessi quando è rincasato e ha trovato i pannelli in entrata, mi ha guardato come mi volesse uccidere. Mai in vita mia ho avuto questa sensazione e mai ho ricevuto quegli sguardi feroci. Penso che se avesse avuto un'arma avrebbe sparato.»

Continuò a coccolarla e sussurrare: «Vengo io a parlare e immediatamente lasci quel maledetto posto.»

«Non posso, dopo che si è calmato, mi ha fatto giurare che non sarai andata via, aveva detto: "Signora Daniela, mi scuso seriamente per il mio comportamento, ho mancato di rispetto, non succederà più. Ho veramente bisogno del suo grande impegno, molto apprezzato e anche la stimo, già dal primo momento che l'avevo vista alla selezione avevo capito che lei faceva per me.

So con esattezza che lei mi giurerà che non dirà a nessuno di questa mia mancanza di stile. Mi afferma che posso ancora contare su di lei e sulla sua riservatezza? Me lo giura? Oppure dovrà temere ripercussioni fastidiose." E io ho giurato.»

Capitolo 7

Sul quaderno ho trovato scritto: *Bertilla, ti è piaciuto il regalo?*

Volevo dirgli che si è sbagliato, volevo fargli capire che non era il mio genere, ma che comunque l'ho apprezzato. Ma non gli ho detto nulla quando ci siamo trovati faccia a faccia di fronte a un enorme gelato.

Non voleva che lo prendessi in cono, aveva detto che non stava bene, che una signora come me lo leccasse in modo volgare. Io comunque l'ho ordinato, perché veramente mi piace così. Al suo arrivo sorrido tutta contenta e inizio a gustarlo, mi giunge un ceffone.

Rimango sbalordita, poso la mano sulla guancia, ferita nell'anima, guardo il gelato finché si scioglie e forma una pozza di quattro colori sul tavolino.

Nel mezzo della tristezza mi raggiunge la sua voce. «Scusa Bertilla, tesoro perdonami, ma vedi cosa mi fai fare?» Comincia delicatamente a pulirmi con il tovagliolo, si avvicina un cameriere e si mette a nettare il tavolo. «Per cortesia, può portare alla mia donna un altro gelato in coppa?» e poi sottovoce: «Ci può mettere un cuore rosso?»

Nell'attimo tutto il dispiacere è passato, nella testa ho le parole: "la mia donna" e "un cuore" nella coppa. Di sicuro è stata una mia mancanza di stile. Come ho potuto ordinare un cono essendo in sua compagnia: decisamente ho sbagliato.

«Ti è passato, amore?» Gli sorrido, infilo l'estremità del cucchiaino, dico di sì ed elegantemente ne inserisco nella bocca una punta. «Voglio farti vedere un'altra opera, in assoluto la mia preferita.» già alzato.

Ho leggermente protestato, avevo tutto il gelato da finire.

Mi sorride e dice: «Vuoi rimanere da sola a terminare?»

Lo guardo stralunata, lui continua a sorridere, guarda al profondo di me, prende il cucchiaino, lo deposita, afferra la mano, la porta alla bocca, le dita ghermiscono dettagli sconvolgenti: alito, labbra, saliva, lingua... dolcezza. Più dolce del gelato. Con un filo di voce gli dico: «Voglio andare dove vai tu.»

La corsa folle in auto, solita canzone straordinaria, molta strada, tante case, parecchi alberi, gente. Il tutto è estremamente fuori dalla mia percezione, mi passa davanti come fosse un film. L'unica cosa importante è lui, con il suo profilo, lui, con la sua energia, lui, con la sua determinazione e io.

Lo seguo scendere, lo seguo percorrere il viale, lo aspetto mentre apre la porta e dopo di lui, entro. Si accendono le luci e la stessa musica.

Sono ferma all'entrata, l'emozione non mi permette di andare oltre, guardo la sua schiena, le spalle, la linea perfetta del suo corpo, sento la sua energia che esce da ogni segmento ed entra violento all'intimo. Percepisco profumi di spezie, di... fragola e penso che questo debba essere l'odore dell'amore.

Affascinante e consapevole di quello che mi sta succedendo, si gira, mi guarda intenso, con tocco gentile mi prende ancora la mano e assieme alla sua l'appoggiamo su una spirale all'interno di un quadro. «Bertilla, questo è il quadro in assoluto che preferisco, è stato un dono importantissimo e volevo fare con te il percorso, voglio arrivare al centro con te amore mio.»

Sento le lacrime negli occhi, mi sento commossa, per tanta grazia, tanta armonia che esce da quella bocca e non attendo oltre; gli dico: «Assolutamente.»

Mi avvolge tutta e piano inizia il percorso, lentamente strisciamo, aderiamo alle curve, andiamo verso il centro e sento il suo respiro nell'incavo del collo farsi desideroso, provo il suo calore dentro di me. Con le nostre dita penetriamo sempre più, è come una danza, è come un vortice e noi siamo dentro e siamo i protagonisti di questo momento.

Raggiunto il centro, è stata come una corsa folle, abbiamo il fiatone, abbiamo desiderio, abbiamo tutte le voglie del mondo.

Appoggiato su di me, sento la sua esuberanza, sento il suo potere, mi gira di fronte, ha gli occhi chiusi, si accosta al mio viso, cerca le mie labbra e mi perdo in lui. Vibrazioni sconosciute, assaggi mai assaggiati, desiderio mai osato immaginare. Sapori ambrati mi portano via, in un altro mondo. Non sono più Berenice, né cicciona, né chiusa. Anzi si apre in me la voglia di riceverlo, di subire le sue pulsazioni nella parte più preziosa e nascosta di me.

Con affanno e respiri veloci mi sbottona la camicia, mi appoggio a lui, le gambe non tengono, ci introduce la mano e tasta. Il turgore è quasi doloroso, è quasi proibitivo per l'essere. Il capezzolo gli arriva tra le dita… oddio muoio.

Allarga tutta la camicia, si abbassa e lo bacia, lecca, succhia. Il desiderio mi assale sempre più, istintivamente muovo l'inguine, mi agito, mi bagno. Sono perduta tra le sue braccia.

Alza la sua testa, spasimato, sudato, immagino divorato dalla voglia. «Chi sei?» chiede con affanno, ripete: «Chi sei?»

Deglutisco la saliva in eccesso e con esile voce, affermo: «La tua donna.»

«E allora, chi sei?» Ha stabilito una certa serietà nello sguardo.

Comprendo. «Sono la tua donna e sono Bertilla!»

A quelle parole, mi prende la mano. «Vieni.»

Non serviva chiedere, ti avrei seguita ovunque.

Corriamo fuori, corriamo tra le aiuole fiorite, il sandalo si inceppa su una pietra, mi tira con intensità. «Aspetta, dove mi porti?»

«Vieni.» Tira più forte, le rose mi feriscono, perdo un sandalo, aiuto sto per cadere. Lui mi prende. Vengo scaraventata su di una porta di ferro. Ricomincia a divorarmi, bocca, collo, spalle, tette. Stordita percepisco un rumore di ingranaggio, un altro, con il terzo... cado all'interno, atterro su di un pavimento freddo.

Chiude la porta senza entrare. Rimango con i miei spasmi d'amore al buio.

Indispettita sento un diluvio di tac dalla mia cogliona di testa.

«Qual è l'interferenza dei principi nel suo compendio?» Il professor Abete esaminò tutti i volti diretti verso di lui. «La filosofia si presenta come un atto promozionale, mirante costantemente a modellare l'oggetto, a modificare la sua percezione delle realtà circostanti. La questione fondamentale, quindi, riguarda la natura dell'influenza che può esercitare sugli altri, siano essi coerenti o meno.» Sorridendo alzò il fianco e si sedette sulla cattedra. «È un tema che chiunque esplora nel contesto della sua vita? Per questo motivo, nella mia analisi, metto in evidenza la chiara raffinatezza presente nelle opere del manipolatore. È un individuo che non rinnega la sua trascendenza, la sua autogestione. E... qual è il risultato? Lo direte voi!» Osservò parecchie mani alzate, gli occhi sgranati. Chiese all'alunna in prima fila. «Signorina Doria, Anna giusto?»

«Sì, professore, ci siamo conosciuti al seminario "Come far emergere i lati positivi", interessantissimo.»

«Grazie, vuole aggiungere qualcosa?» Si alzò in piedi e si rimise dietro la cattedra.

«Ho una domanda: è possibile capire anche nei primissimi stadi se la persona che abbiamo davanti è un potenziale manipolatore?» picchiettando la penna sul mento.

Arturo Abete rise evidenziando una sequenza di piccole rughe attorno agli occhi chiari. «Io lo sono! Vi ho trascinato in questo posto, in questo discorso e vedo che pure siete interessati. Questo mi fa molto piacere, sto riempiendo il mio ego?» Sentì scaturire grandi risate. «A parte gli scherzi, gran parte di noi lo è! Benché l'entità emerga tramite l'applicazione continua, incisiva. Le parole, le sue idee, le sue azioni risultano intrinsecamente legate ai suoi principi, alle sue intenzioni. Dell'impatto che abbiamo sugli altri. E come influenzano i principi le sue idee?

Agendo come una forma di promozione di sé stesso, cercando costantemente di cambiare la prospettiva delle persone sulle scelte, idee, ragioni.

Le vere domande che voi mi dovete fare è: perché il manipolatore vi influenza? Da che cosa deriva la sua continua ricerca di traguardi sull'altro? Chi o che cosa ha manipolato il manipolatore? Chi o che cosa ha causato la demolizione della sua infanzia? Chi o che cosa l'ha ossessionato a tal punto che non ha saputo protestare, o dire un semplice no? Per poi diventare un narcisista, un facinoroso, un serial killer? E con questo ho finito. Vi chiedo di concentrarvi nell'analisi. Al prossimo incontro faremo la discussione.» Controllò l'orologio; il trillo di fine lezione non spense il chiacchiericcio della classe.

Non comprendo da quanto sono qui, in questo buio maledetto, con la musica maledetta e maledetta io che mi sono fidata. Ma che cazzo vuole da me. Batto ripetutamente la porta, possibile che non arrivi nessuno, possibile che si sia scordato di me?

Da quando sono qui non ho mangiato nulla, mi sembra un'eternità che non vedo la luce. Cosa ho sbagliato, cosa dovevo fare… forse non ha capito che ci stavo.

Ho tastato in tutto questo maledetto posto, non c'è nulla tranne un giaciglio, una tavola e una sedia, non ho trovato nessun bagno, ho fatto la pipì in un angolo.

Spero che si ricordi che sono qui.

Oramai è difficile anche piangere, non riesco ad alzare il braccio per continuare a battere sulla porta, faccio fatica a spostarmi, ho dovuto fare cose insensate per rimanere in vita. Solo la musica persiste… sto impazzendo.

La forchetta si fa strada tra i pezzi di lattuga. Esito. Ne infilzo uno, lo porto alle labbra e mi sforzo di dischiudere. Lo sento scrocchiare e mischiarsi alla saliva. Mando giù. Una foglia di lattuga. Alzo lo sguardo, o erano due?

Stanno ridendo. Non mi ero accorto che il vociare copre quello della TV. Lo zelo con cui mio fratello ci informa delle mattinate scolastiche è all'opposto al mio silenzio. Lo guardo.

«Com'è andata la verifica, tesoro?» *dice mamma riempiendogli il piatto.*

«Bene!»

Me lo faccio bastare questo piatto scolorito? Lui, troppo impegnato con la sua fetta di pizza per dire basta. Temporeggio con la mia foglia di lattuga, o forse due.

«Non ci metti l'olio?»

«Non posso.» *Osvaldo ride, gli agito in aria la forchetta.*

«Beeerenica, metti giù quella posata.»

«A me piace tenerla in alto, come una spada.»

«Fantastico, Berenice ha i superpoteri.» *afferma mio padre sorridendo con affetto.*

Ricambio il sorriso fintanto che mastico la foglia di lattuga, o forse due. «Papà, perché tu non mangi la pizza?»

«Ho mal di pancia, stellina.» *Lo accarezzo con gli occhi. Una lattuga, una foglia di lattuga. O due? Potrebbe diventare una bella canzone.*

«Berrenica?»

«Sì?» *porgendole il piatto, perché è decisamente troppo scolorito. Mi guarda come se aspettasse qualcosa. La osservo.*

Ho le parole incastrate sulla bocca insipida. Cosa può uscire da labbra senza condimento? Scambiano il mio inebetimento per una suspense creata ad arte... credo!

«Va bene.» sentenziò alla fine. «Solo un pezzetto di pizza, tu non dovresti nemmeno annusarla.»

L'esplosione di gioia di mio padre accompagnò l'abbraccio di cui avevo bisogno.

Il piatto mi guarda anch'esso in modo inebetito per quella minuscola porzione di pizza, il suo colore non è cambiato molto.

Le onde si agitano dentro di me. Combatto affinché implodano negli occhi, ma le sento infrangersi sulle guance. È un orario in cui posso permettermi di naufragare, quello in cui tutto sprofonda: è notte, la casa è immersa nel silenzio, io mi trovo a confrontarmi con i miei demoni.

Al mattino, eccola. La sento avvicinarsi. Il suo richiamo mi contrae lo stomaco. Non si preoccupa di bussare, tanto sa che non posso lasciarla fuori. Ripete svariate volte il mio nome; sento già che anche oggi finirà per colpevolizzarmi, un classico delle relazioni tossiche. Come la lattuga? Erano due foglie. Anzi, una! Che bella sta canzone."

Una chiave nella toppa, un alito di vento, un respiro, una luce. Apro gli occhi con il disgusto per quella foglia di insalata. Sospiro, chiudo gli occhi, finalmente è tornato.

Con premura mi ha soccorsa, lavata, imboccata. «Tesoro come stai?»

«Voglio andare a casa, mi aiuti per piacere?»

«Non ti sento.» facendo il gesto verso l'alto, immagino verso la musica.

Cerco di sovrastarla. «Voglio an—»

Mi chiude la bocca con un ceffone. Inorridita agisco sulle gambe, punto le braccia all'estremità del letto e vedo la porta lasciata aperta; agitata mi dirigo verso di essa.

«Bertilla, dove vai, Bertilla cosa fai?» Sembra una serpe, mi gira attorno, ghigna aspramente. «Ora vuoi uscire? Non mi ami più?»

«Si, voglio andare lontano.» Con fatica la sto raggiungendo, mi mancano solo dieci centimetri e poi sarò fuori.

«Bertilla non puoi!»

Vengo afferrata per i capelli, li tira forte, di nuovo cado a terra: vengo trascinata come fossi un fagotto per un piede, rifaccio il tragitto e si ferma nel punto di prima. Sempre tenendomi per la caviglia cerca di prendere qualcosa da sotto il letto, tento di girarmi, cerco di togliermi, di slegarmi dalla stretta, con l'altro piede scalcio, alzo il busto e lo percuoto. Urlo! Urlo come non ho mai fatto in vita mia. Sovrasto la musica, sovrasto la sua risata, benché non riesca a sovrastare la paura.

Rumori di catene si alzano oltre alle mie grida, stridio di serratura, dolore alla caviglia. Lo guardo incredula, lo guardo da vittima, lo guardo sghignazzare sulla porta.

«Comunicami quando sarai pronta.» Esce. Chiude la porta e le varie serrature, ritorna il buio. Il mio pianto sovrasta la musica.

Avevo fatto spazio accanto a me per lasciargli posto e ho trovato menzogna. Sono confusa, sono persino arrivata a dubitare di me stessa. Ho creduto di impazzire e non ho realizzato che la risposta era proprio qui. L'uomo che io consideravo tanto "uomo", in fondo non lo è così tanto. L'uomo che credevo forte, intelligente, colto, maturo, in fondo non lo è. L'uomo che pensava potesse amarmi... alla fine non lo fa, o lo fa con ossessione.

I poliziotti avevano sentito alcuni suoi colleghi, il caporeparto e il direttore.

Ma di Berenice, nessuno sapeva nulla; li avevano informati del cambio repentino di carattere, di abitudini. Avevano dichiarato che era allegra e innamorata.

Ma purtroppo non sapevano di chi, neppure l'amica con cui si confidava aveva saputo rispondere.

Tante volte Giulia passava sotto al suo terrazzo e piangeva pensando a lei e vedendo tutte le sue adorate gardenie che stavano per morire.

Prese una decisione, non potendo entrare nell'appartamento perché era stato messo sotto sequestro, chiese alla sua vicina di passare dal suo terrazzo e assieme a Tania, che volle a tutti i costi aiutarla, dissetarono quelle povere piante.

Nel tempo libero cominciò a fare indagini, non voleva darsi per vinta, o arrendersi, erano già passate due settimane e di lei nessunissima traccia. Andò da Stefania, nella gelateria che frequentava di sovente. Ma nemmeno lei sapeva. Entrò nei vari negozi che bazzicava... nulla. Nessuno sapeva niente.

Nel frattempo, al super, le ragazze avevano un po' smesso di parlare di Leo, anche perché era in ferie, ma parlavano, chiedevano incessantemente di Berenice.

Nell'ultimo periodo era dimagrita, era graziosa, aveva fatto nuove amicizie, lasciava i capelli sciolti, o al massimo formava una treccia, sorrideva di continuo e si metteva il rossetto. Era innamorata e l'amore fa fare acrobazie.

In tutti i notiziari, davano informazioni, facevano supposizioni, intervistavano personaggi, anche nell'ambiente del crimine, tutti erano desiderosi di trovarla e salvare questa povera vittima.

Alcuni erano convinti che fosse stato il serial killer Taro Dimas, il crimine aveva le stesse caratteristiche e la stessa dinamica. Lei era la figura ideale e fisicamente uguale alle donne trovate. Nel paese un susseguirsi di pattuglie, di ispezioni.

«È come sia svanita nel nulla, il cellulare non è localizzabile, assolutamente non ha detto a nessuno con chi si incontrava e nemmeno è stata vista in compagnia. È stata presa nel gioco. Ci sono poche speranze di trovarla.» dichiarava l'investigatore di fama internazionale.

«Oltre a lei, nel ruolo di investigatore, la polizia: ci sono altre figure che cooperano?»

«Sì, nell'ultimo decennio, c'è un'altra figura molto importante "il Comitato Scientifico", ha un ruolo determinante, esso è in grado di entrare nelle abitudini del killer. Ha anche una funzione importantissima nell'assistenza ai famigliari.»

Il giornalista, con gesti impercettibili, spostò il foglio. «Tutti speriamo nel ritrovamento di questa donna.»

«Stiamo facendo il possibile.»

«Sono stati sentiti tutti, nella sua sfera di lavoro, di amicizie e famigliari?»

«Li abbiamo sentiti varie volte, in momenti diversi e con nuovi dati, siamo tutt'ora alla ricerca di una certa "Bertilla", è stato rinvenuto questo nome sul block-notes personale di lavoro.»

«Quindi ci posso essere anche altre ipotesi, non solo il sequestro?»

«Assolutamente sì, stiamo vagliando in tutte le direzioni. Anche un probabile e volontario allontanamento senza dare spiegazioni. Era già successo in passato.»

Il giornalista si rivolse alle telecamere. «Per oggi, con questo è tutto, ringrazio Luca Sterling, investigatore ed esperto di crimini, le forze dell'ordine, sempre operose, il comitato scientifico e tutti i telespettatori, un grande grazie e a domani per altre notizie e altri esperti.»

Partì la sigla.

Ezio Manente, da una vita sullo schermo, da una vita a favore della notizia, con gesto consueto raccolse i fogli, li allineò battendoli leggermente sul tavolo, offrì la mano all'intervistato e uscì.

Ho spalancato la porta della quarta classe di scienze: inviperita. I tonfi dei miei passi riempiono il lungo corridoio, nessuno mi segue.

Una vocina nella testa ripete: «Berenice no, Berenice non lo fare! Non te la prendere per qualche insulto, per qualche maledetta sghignazzata. Sei abituata!»

Appoggio il libro sul piano del finestrone, l'immagine della copertina è ammaccata, dopo essere atterrato con decisione sulla testa di Mattia il più fastidioso di tutto il branco. Chiudo gli occhi per il troppo sole: afferro la maniglia, il vetro tintinna, schiaccio le palpebre e l'apro.

Le vertigini sono nulla in confronto al calore di questa bella giornata di maggio. Ho cercato di resistere, ma ora non posso più tirarmi indietro. Devo zittire questa maledetta voce che nega l'evidenza a pieno, dopo quell'uscita clamorosa dall'aula, dopo quella cazzo di derisione: sciocca e poco offensiva dicono?

Tentenno, socchiudo gli occhi: il cortile, il viale, il parcheggio, gruppi di ragazzi felici: mordo le labbra. Più in là, la strada, anche ora è un casino di veicoli rumorosi. Sotto di me, i tre piani dell'istituto Albertini: la mia prigione.

Non posso continuare a rimandare; tutti comprenderebbero e sarebbero d'accordo. Gli esseri umani muoiono, lo senti continuamente alla TV, qualcuno si è suicidato. Non fa nemmeno più tanto clamore. Si ascolta la notizia, ma continui a fare quello che stavi facendo, non ti fermi mica per una cazzo di persona che si è buttata dal quarto piano? La vita continua, si va avanti, dicono quelli vivi e felici.

Una goccia di sudore cade ai miei piedi, osservo la piccola chiazza di umidità vicino alle scarpe nuove. Mia madre ha voluto comprarle, benché sembrassero più grandi di due numeri: e io già ho una grande stazza. Sono la più grande della classe e la più grassa. In questo nessuno mi batte, ho un primato. In questa strafottutissima gara sono arrivata per prima. Risento la rabbia abbattersi sullo stomaco.

Una minuscola lacrima bagna le labbra, amara come era stato il veleno ingoiato per dispetto a dieci anni. Anche stavolta, per agire mi bastano due minuti. Il calore mi avvolge ma tremo.

Due minuti e il mio corpo si spiaccica di sotto, immagino i commenti: «Che grande chiazza, copre un'intera piazzola.»

Certo: il parcheggio di un'auto di grossa cilindrata, o un suv: di quelli che si arrampicano su strade sterrate. Io non ci sono mai riuscita, nemmeno camminando piano e stando attenta a non inciampare sui sassi. Due minuti e addio a tutti i deficienti, compreso mio fratello, mia madre e... raggiungo finalmente mio padre.

La vocina mi contraddice. Tu non vai dove c'è lui. Stavolta sono d'accordo. Io andrò all'inferno.

Trattengo il fiato, alzo gli occhi verso il cielo, lo seguo in tutta la sua bellezza, non c'è nessuna nuvola, gli richiudo e mollo la presa e...

Vengo afferrata da lui. La mia bocca sussurra: «Questa volta lasciami andare.» Tira e scuote con insistenza. «Ti prego, devo pur concludere, quello che da tanto desidero.»

E tutto si ripete.

Il mondo attuale si insinua nel vortice dei pensieri: luce, ossigeno, musica, parole: fame, sete, croste. Sciogliersi. Sono nel presente: l'altra prigione.

«Bertilla, Bertilla, tesoro, svegliati. Ti ho portato un po' di minestra, la vuoi?» Scatto in piedi decisa, sorrido e accetto con infiniti assensi, stavolta devo fare presto. «Piano, tesoro, non ingozzarti. Una donna come te non può consumare il dono con un atteggiamento volgare, come fossi un maialino. Tu sei la mia donna, sei il mio infinito amore. Lo sei?» Non ho tempo per rispondere, devo finire prima che lui la butti a terra, prima che... devo fare presto. «Ti ho fatto una semplice domanda, Bertilla, sei la mia donna? Non ci vuole un'eternità a rispondere.»

Altri due cucchiai e ho finito, dai svelta, ingoia, ingoia. Porto il contenitore alla bocca, bevo dal bordo per fare prima: mi scappa dalle mani, sorpresa, non mi ero accorta del suo gesto, non mi ero accorta che aveva già richiuso e sono ancora al buio. Stavolta sono riuscita a mangiare quasi tutto. Sento la contentezza salire dallo stomaco in parte sazio: con l'oscurità ritornano i demoni del passato.

Nascosta dietro la porta della cucina, stringo il mio tesoro. Ho rubato il gelato all'"acciuga". Lo scarto piano e lecco la carta, niente si butta. Assaporo granella caramellata, cioccolato e panna. Sento passi avvicinarsi: il terrore mi attraversa. Nascondo il gelato dietro la schiena. La paura mi assale, non voglio continuare questo incubo, sento il mio cuore a mille. Non voglio continuare.

Con decisione mi sveglio e ripeto: sono al buio, sono sola, sono triste, sono niente.

Capitolo 8

Piena di amarezza si recò nuovamente nella gelateria, sperando di ricevere qualche notizia. A ogni visita, chiedeva ansiosa se l'avesse sentita o almeno si fosse ricordata di qualche particolare, ma Stefania, a malincuore, rispondeva sempre negativamente.

In una di quelle occasioni, mentre Giulia era seduta, rigida con le gambe allungate e la borsa in tela gettata con noncuranza ai suoi piedi senza produrre nessun suono di bracciali, non li aveva più messi dalla scomparsa dell'amica.

Stefania le portò un gelato e mentre si scioglieva al caldo di quella giornata di metà settembre, lo scrutava triste.

Era passato oltre un mese e non c'era ancora traccia di Berenice. Accanto al gelato, Giulia aveva accumulato una quantità esagerata di giornali, tutti che parlavano della scomparsa.

Quel mistero si era catapultato nella vita di Giulia come un'ombra persistente, offuscando la sua serenità. Gli articoli, con le loro foto e i titoli in grassetto, le ricordavano costantemente la dolorosa realtà: Berenice era scomparsa nel nulla. L'angoscia e l'incertezza l'avevano avvolta come un abbraccio gelido e Giulia si aggrappava a ogni possibilità di ritrovare la sua cara amica.

Nel bel mezzo di quel pomeriggio, nella gelateria che una volta era un luogo di gioia e dolci momenti condivisi, si sentiva consumata dall'ansia. Il gelato le sembrava amaro, mentre sfogliava i giornali, cercando indizi, o segnalazioni. Quel mare di parole stampate si confondeva davanti ai suoi occhi annebbiati dalle lacrime e affrontava l'incertezza con una determinazione fragile, ma incessante.

Il rumore di sedie che venivano spostate e l'allegria che si diffondeva nel locale iniziarono a darle fastidio. Chiuse gli occhi nel tentativo di isolarsi da tutto ciò, ma il chiacchiericcio continuava, riempiendo l'ambiente di gioia.

Decise di aprirne un giornale, guardando di sottecchi due donne molto simili, con la stessa risata contagiosa e lo stesso colore vivido negli occhi... "forse madre e figlia." Si sedettero vicino.

Non aveva mangiato il gelato, oramai era una triste pozza incolore nel bicchiere, raccolse i suoi fogli e si alzò, desiderando allontanarsi da quella vivace allegria.

Stefania uscì per consegnare i gelati a tre ragazzi seduti in prima fila, vicino al viale. Tuttavia, quando notò le due nuove arrivate, gli rivolse un enorme sorriso. Posò i gelati e si avvicinò ad abbracciarle.

Stava per allontanarsi quando Stefania la chiamò: «Vieni Giulia, ti presento Daniela, mia zia e Anna, mia cugina.»

Le guardò distrattamente. Voleva andarsene, ma Stefania la trattenne per un braccio. In un attimo, i giornali le scivolarono di mano.

Anna la aiutò a raccoglierli e disse: «Povera donna, un destino così triste. La conoscevi?»

Giulia annuì, ancora con gli occhi tristi e umidi.

«Alcuni dicono che sia partita volontariamente.» commentò Daniela.

«Assolutamente falso.» rispose Giulia con enfasi.

Nel frattempo, Stefania era stata chiamata da altre persone per prendere altri ordini.

La madre notò la difficoltà di Giulia e le disse: «Siediti con noi. Stiamo festeggiando la prima vera vacanza di mia figlia, dopo tanti anni di studi con ottimi risultati, sta partendo per la Croazia assieme al suo ragazzo. Vedi, per l'evento, persino si è colorata di rosso i capelli. E trovo che sta molto bene. Ti offro un gelato o qualcosa di più forte? Forse un Batida, un limoncello, o un whisky?» Fece un sorriso ironico e chiuse un occhio.

«Dai, racconta di lei. Ho letto che Berenice ama i fiori e lavora nel reparto di giardinaggio.» aggiunse Anna sempre disponibile e attenta alle tristezze altrui.

«È la mia collega.» confermò Giulia.

Stefania tornò portando due coppe e un bicchierino di liquore. «Fai bene a rimanere in compagnia. Sai, mia zia, lavora per Della Vecchia. Lo conosci? Dovrebbe sorvegliare anche il tuo reparto, oltre a guidare in giro con la sua vistosa auto.»

«Certo, chi non conosce Leo.» rispose Giulia, il suo volto si ammorbidì leggermente con un sorriso. «Lui ha una reputazione da mantenere.»

«Scusa, quale reputazione?» chiese con curiosità Anna immergendo il cucchiaino nell'affogato.

«Quella di farsele tutte!»

«E di essere tanto bello quanto strano.» riferì la madre.

«Strano?» interrogò Giulia.

La donna si morse il labbro. «Scusa Giulia, di questa mia uscita, ma non posso parlarne.»

«Le voglio stirate in modo impeccabile, non devo vedere nessuna piega. E per il tuo lavoro saprò ricompensarti. Cosa desideri?»

«Voglio uscire.»

«Sei sicura che è quello che vuoi?» Annuisco ripetutamente. Mi arriva uno schiaffo in faccia. Mi accascio a terra piangente. «So con sicurezza che non è quello che vuoi.»

Piango e continuo a fare assensi.

Ne arriva un altro e poi un altro ancora. Cerco di coprire il viso con le mani, cerco di farmi piccola, mi rannicchio nell'angolo tra la porta e il giaciglio. Ricevo pedate, ricevo pacche.

Alzo la mano per fermare la violenza. «Basta, basta.»

«Dimmi Bertilla, cosa vuoi? Per il lavoro fatto alla perfezione. Di sicuro hai voglia di un po' di minestra?» Faccio ancora svariati assensi. «Alzati tesoro, vedi che ci intendiamo?»

Ancora acconsento.

Mi offre la sua mano, ora ha un'espressione felice sul viso mi sorride, ha occhi belli. E faccio un altro assenso.

Mi accarezza, con delicatezza mi asciuga il pianto. Con voce suadente: «Vedi Bertilla, cosa mi fai fare, è colpa tua se mi comporto così. Mi dai ragione?» Ancora faccio un'approvazione e accetto la sua versione. Odo il mio cervello fare un grande TAC. «Così mi piaci, così ti amo! Quando avrai

stirato con tantissimo amore e perfezione le mie camicie. Ti
porterò un dono.»

«Grazie, grazie, mi porterai un po' di minestra?» Gli bacio
le mani fintantoché mi accarezza, fintantoché continua a
sorridere con quella bocca straordinaria.

"Nella stanza delle macchinette, da tempo, il
chiacchiericcio e l'allegria sono meno intensi." notò Giulia,
mentre seduta nell'angolo preferito dell' amica iniziava a bere
il caffè.

Le poche parole che si scambiavano, tra colleghi, erano
sempre rivolte alla malaugurata sorte di Berenice. Nonostante
fosse passato più di un mese e mezzo, non c'erano ancora
indizi e le forze dell'ordine continuavano a fare ricerche in quel
luogo.

Giulia ogni giorno osservava la scena intorno a lei. Nel
corso delle settimane, il personale del supermercato, insieme a
quelli dei vari negozi, bar, pizzerie, ristoranti e addetti alla
sorveglianza, erano stati interpellati più di una volta.

Tutti si chiedevano a vicenda se trovassero qualche minima
risposta, o anche solo una piccola idea su cosa potesse essere
successo a Berenice. Giulia non esitava a chiedere a chiunque
avesse anche solo un'ombra di informazione.

La tensione si poteva percepire nell'aria, gran parte dei volti riflettevano preoccupazione e l'ansia permeava l'atmosfera. Le speranze di trovare risposte si erano affievolite nel corso del tempo, ma la volontà di scoprire la verità continuava a bruciare in ogni cuore. Le voci tacevano quando si avvicinavano gli agenti, nella speranza che portassero notizie positive, o almeno qualche indizio che potesse far luce sulla scomparsa di Berenice.

Giulia era determinata a non arrendersi. Continuava a fare domande a chiunque incrociava, scrutando gli occhi di ogni persona in cerca di segnali, o rivelazioni. Era come se cercasse di ricomporre un puzzle sconosciuto, afferrando ogni pezzo di informazione, per piccolo che fosse, nella speranza di riuscire a ricostruire la verità.

Leo uscì dalla stanza con un'aria disinvolta e un sorriso stampato sul volto, proprio mentre Dennis faceva il suo ingresso. Guardando le persone rimaste nella stanza, non poté fare a meno di commentare con un tono scherzoso: «Dannazione, è l'unico qui a essere allegro.»

Si avvicinò al distributore di caffè, inserì la sua chiavetta e premette il pulsante. Il rumore dell'erogatore risuonò nitidamente nella stanza, anche se in altri momenti sarebbe stato soffocato dalle risate e dal chiacchiericcio. Si sedette accanto a Giulia, che fissava intensamente la sua tazzina.

«Non bevi?» Chiese Dennis, soffiando delicatamente sul suo caffè caldo. Giulia rispose con un grugnito. «Ehi, come stai?.» continuò con premura.

«Dennis, non saprei nemmeno cosa risponderti. Ho paura di non vederla mai più.» confessò con voce tremante.

«Eh, è davvero una storia triste.» Prese un sorso di caffè, tenendo la bevanda in bocca per un attimo prima di deglutire. «Sembra che l'unico che non ne sia afflitto sia Della Vecchia.» Dennis ruotò la tazza tra le mani, guardò il soffitto e fece un altro sospiro. «Un giorno l'ho visto tutto agitato e assorto mentre la guardava. Quando gli ho chiesto, mi ha detto che gli ricordava qualcuno che conosceva.»

Mentre le parole di Dennis si perdevano nell'atmosfera carica di incertezza e di altre supposizioni provenire da altre bocche, la mente di Giulia si riempì di domande. "Chi poteva essere quella persona? C'era stato forse un legame famigliare?" Scosse la testa con violenza. "D'amore decisamente no!" Le risposte sembravano ancora più distanti e Giulia si sentiva avvolta da un groviglio di domande. Si promise che avrebbe cercato spiegazioni direttamente a lui.

Stefania entrò, spaesata si guardò attorno, tutto quel lusso l'aveva visto solo sulle copertine di riviste, o in alcuni programmi televisivi fintantoché non si addormentava sul divano. Eppure, non avrebbe mai immaginato di percorrere quei corridoi.

Per l'occasione si era messa il vestito più bello che aveva nell'armadio, quello che aveva usato al matrimonio di un amico del suo fidanzato. Era arrivata sola perché lui aveva avuto un dovere improvviso. Aveva chiesto anche ad Anna sua cugina, ma sarebbe uscita con il suo boyfriend. Al telefono le diceva che le dispiaceva moltissimo, ma che non poteva rifiutarsi, l'aveva sentita emozionata, agitatissima e felice.

Sentiva il ticchettio dei tacchi dei suoi sandali, anch'essi usati solo una volta e provava una stretta sulle dita. Un operatore vestito in divisa grigio topo le andò incontro, portava i guanti bianchi, la livrea aveva le bordature argentate come la doppia fila di bottoni. Con garbo le sorrise. «È qui per il concorso?»

«Sì.»

«Allora è bene affrettarsi, è già cominciato il buffet, non vorrà ritrovarsi solo con le briciole?» Ammiccando con lo sguardo. Lei sorrise e pensò che era proprio carino. «Prego mi segua da questa parte.» Attraversarono tre grandi corridoi, si trovarono di fronte una grandiosa scalinata. «Signorina, salga le scale e si troverà nel posto giusto, tutto il secondo piano è adibito per questo evento. Buona serata.» Le fece un inchino e si girò.

Stefania sentiva il chiacchiericcio provenire, si mise a posto lo scialle di seta rosa e salì le scale.

Si trovò attorniata da persone che parlavano, mangiavano e bevevano da calici di cristallo, all'istante un cameriere le offrì una coppa, accettò e la portò alle labbra, ne passò un altro e le chiese se volesse gustare una tartina con caviale, acconsentì. Non scorgeva la sua conoscente in gara, in realtà non le sembrava nemmeno essere nel posto giusto.

L'attenzione fu sollecitata da un uomo su di una piattaforma, era stata messa per poterlo vedere, le telecamere e i microfoni erano indirizzati verso di lui.

Il presentatore vestito in giacca e cravatta, elegante e disinvolto, incarnava l'immagine di un professionista sicuro di sé e di gran classe. La sua capacità di parlare bene al microfono, unita al suo stile impeccabile, lo rendevano da anni un vero punto di riferimento per eventi pubblici, o presentazioni di ogni tipo.

Quando, Alessandro Montanari prendeva il microfono, la sua voce era calda chiara e ben modulata. Parlava con sicurezza e padronanza, trasmettendo un senso di autorevolezza e competenza. Ogni parola era pronunciata con cura e precisione. Guardò tutti sorridendo, aspettò il via dall'organizzatore. Una mano chiusa si alzò e prima liberò un dito, poi dopo alcuni secondi un altro e di seguito il terzo.

Alessandro prese una sorsata d'aria e attaccò: «Con grande piacere, anche quest'anno è tornato il Concorso, siamo qui a Milano in questo meraviglioso Palazzo Castiglioni. È un esempio significativo dell'architettura liberty, o art nouveau, molto popolare alla fine del XIX e all'inizio XX secolo. Qui in questa affascinante dimora, in questi ambienti riccamente decorati, oggi il due settembre ci sarà la presentazione dei concorrenti e domani... la gara.»

Dal pubblico si elevò un applauso e un evviva. Gran parte dei presenti annuirono. Il presentatore fece una risata, con spontaneità sbottonò la giacca, tirò su le maniche, prese di nuovo il microfono e proseguì: «Sì, vi vedo tutti impazienti e scalpitanti per conoscerli. Sono arrivati da tutta l'Italia, loro... i maestri, dunque lasciatevi incantare dai colori, dai profumi d'arancio e limone di Sicilia, dall'amarena del Veneto, o della Romagna, dai frutti di bosco dell'Alto Adige, il cioccolato del Congo e Nigeria, caffè dell'Etiopia e tantissimi altri gusti, trasformati in gelati grazie alla maestria dei talenti italiani che oggi combattono per essere incoronati campioni del "Gelato Master": un concorso per trovare il Maestro tra i maestri, dove i partecipanti potranno dimostrare le loro abilità nel creare il Gusto superlativo.»

Iniziò la sfilata dei partecipanti alla gara, alzò il braccio in segno di saluto quando vide la sua amica. La donna ricambiò il gesto con un sorriso. "Sono stata la sua allieva." pensò Stefania con orgoglio. Aveva imparato tutti i trucchi del mestiere e poi aveva aperto la sua gelateria. Nonostante gli impegni intensi che li tenevano separati, rimanevano sempre amiche e in contatto. "Anche se non ci vediamo spesso per la quantità del nostro impegno e della strada che ci divide. Negli ultimi anni il gelato è diventato sempre più richiesto anche d'inverno. Forse avremo qualche occasione durante la prossima stagione, se troverò altro personale."

Stefania non aveva ancora avuto l'opportunità di parlare con Ginevra, ma in quel momento la vide aprirsi un varco per avvicinarsi. Le due amiche si abbracciarono felici di ritrovarsi dopo tanto tempo. Ginevra indossava un elegante abito di chiffon verde che aderiva al suo corpo perfetto. Nonostante avesse cinquant'anni, la sua bellezza non ne tradiva l'età, sembrava sempre più giovane. Anche quando Stefania, da ragazza, si era trasferita per un periodo nelle vicinanze per poter frequentare le lezioni insieme a molte altre, Ginevra era sembrata una di loro, nonostante ci fosse un divario di vent'anni. Le due amiche continuavano a rimanere abbracciate felici di ritrovarsi dopo tanto tempo.

Affacciate alla grandiosa finestra che dava sul piccolo terrazzo fiorito di mille colori, sulla piazza illuminata, una dolce musica accompagnava le loro parole, i loro racconti e i vari aneddoti. Ginevra ridendo non volle svelare il gelato da lei proposto per la gara. Disse ridendo: «È un segreto.» Era come se fosse tornata a essere una ragazzina che nasconde i suoi sentimenti. Passò vicino un cameriere con il vassoio riempito da calici e ne porse due.

Stefania ammise: «Non ho mai bevuto così tanto in vita mia.»

L'amica con fare solenne affermò: «La vita va bevuta fino all'ultima goccia.» trangugiando tutto il liquido ricco di suadenti bollicine. Si alzarono le loro risate.

«Oddio, devo mangiare ancora qualcosa, sento che mi dà alla testa.»

Ginevra alzò un braccio verso il cameriere più vicino, la manica a pipistrello di pizzo le scivolò scoprendo una lunga cicatrice, immediatamente la coprì.

«Cosa ti è successo?»

Si affrettò a rispondere con serietà: «Nulla, niente di importante» ripigliò la risata. «Cameriere, questa signorina ha bisogno di una bella quantità di cibo.»

«Ma dai, cosa ordini.»

Il cameriere fece un assenso e nell'immediato si trovarono un enorme vassoio con una miriade di stuzzichini.

Poi parlarono di tutto, dell'incidente, del compagno di Ginevra un tantino troppo possessivo e anche Berenice approdò sui loro discorsi. «Sai cara, ho l'amica di lei che viene sempre a chiedere se ho notizie, non si dà pace.»

«Comprendo è una grande tragedia, svanire nel nulla. Pensa che io l'avevo vista circa una settimana addietro alla scomparsa.»

Stefania allargò gli occhi. «L'hai vista? Dove?»

«Era seduta nella mia gelateria ed era in compagnia.»

«Davvero? Come mai da te, non sei dietro all'angolo, si deve fare molta strada.»

«Bch, io in realtà non sapevo da dove venivano, benché li avessi notati per il comportamento e purtroppo per la coppia anomala, con atteggiamenti strani, lei voleva un cono e lui non gliel'ha permesso.»

Stefania si portò la mano alla bocca. «L'hai detto alla polizia?»

«Al momento mi sembrava irrilevante, ora…»

«Aspetta a parlare, magari è solo immaginazione, com'era l'uomo in sua compagnia?»

«Un gran bel figo, portava con disinvoltura quella camicia bianca come fosse un trofeo.»

«E dai, rispondi…»

Aveva ripercorso tutto il piano scansando persone, era scesa una parte di scala per poter stare più in disparte possibile, per avere meno frastuono continuando a comporre il numero svariate volte, finalmente rispose: «Sì?»

«Hai una foto di Leonida da inviarmi?» chiese con urgenza, cercando di trattenere l'agitazione nella sua voce. Giulia, ancora assonnata e confusa, si rese conto che non era Berenice, come avrebbe sperato, per l'ora tarda, ma Stefania.

Prese qualche secondo per raccogliersi. «Stefania, come mai? Oh, ci sono novità?» Alzandosi di scatto.

«Può darsi.»

«Di Leonida?»

«Sì, lui.»

«Perché?»

«Giulia ce l'hai? Poi ti racconterò.»

«Oh, sì, sì ho una sua foto. La cerco sul mio telefono e la invio.»

Capitolo 9

Un urlo mi desta, comprendo che proviene da me. Guardo attorno e lascio posto al pianto.

I pensieri si susseguono, la questione è: come ho fatto a smarrire me stessa?

Ultimamente, ho lasciato agli altri il compito di correggere la mia esistenza.

Il dolore è profondo, oltre alla pelle. E nonostante tutto, ti amo.

Attendo sempre le tue parole, il tuo sguardo su di me, quello che mi ha portato alla vita.

Ero stanca di nascondere la vera me.

E sei arrivato tu... per liberarmi e custodire come fossi una perla preziosa.

Non vedo l'ora di fare il percorso e arrivare nel centro: sono pronta.

Tu felice sarai lì ad aspettarmi.

Sembra incredibile, ma questo mi ha permesso di conoscermi, di togliere i panni e di diventare prima scarabeo e poi farfalla. In questo inatteso gioco le ali si sono spezzate, tra le dita ho il sangue, lo sento fluido... caldo. Le stesse dita asciugano il mio pianto.

Non è da tanto che ho ricevuto un rimprovero, era necessario: avevo sbagliato.

Laggiù, allacciata alla caviglia, ho il tuo legame.

Sento che la mente vacilla, provo vertigini, non so più dov'è la realtà.

Cosa mi impedisce di essere felice? Ho tutto quello che volevo, eppure...

La risposta a questa domanda che mi pongo è retorica e si espande dentro a questo posto dimenticato da Dio. Una stridula mia risata rompe il pesante silenzio della stanza e comprendo che mi addolora non essere impeccabile come mi vorresti. Mi spiace se i miei comportamenti e sentimenti ti hanno deluso. Sono rammaricata di non comprendere appieno il tuo amore.

L'affetto l'ho cercato per tutta la mia esistenza, speravo di averlo trovato.

Ma evidentemente non è così.

Mi addolora se, a volte, hai perso il controllo su di me come desideravi. Capisco, io stessa non sono mai riuscita a farlo. Mi rattrista la mia fragilità, perché tu avresti voluto che fossi un muro di contenimento e protezione. Mi dispiace, ma la verità è che non mi proteggo neanche da me stessa. Credo che tu non sopporti vedermi piangere, di sicuro preferisci un sorriso. Scusa, non riesco ad accontentarti.

Passi, una chiave nella serratura, uno squarcio di luce, un alito di vento, un respiro, una voce; quella musica.

Spero che abbia portato qualcosa da mangiare!

Sono in attesa della sua entrata, oramai non percepisco il mio corpo, sento solo fame di: cibo, aria, libertà. E fine!

Il freddo pavimento mi dichiara che sono ancora viva, benché non per molto. Accetto di fargli l'ultimo regalo, glielo devo visto che mi ha creato.

Alzo gli occhi con difficoltà, il gonfiore mi produce velature, offuscamento, ma... lo vedo nella sua prorompente grazia. Mi sorride e...

Quanto amo quella sua espressione su di me.

Le iridi mi si riempiono di lui e ancora di gocce, la sua mano, desiderata tantissimo sulla mia intimità e mai ricevuta, si appoggia con delicatezza negli immondi miei capelli.

Odo vibrare la sua voce oltre ai suoni.

«Bertilla, è arrivato il momento. So con precisione che sei pronta per me! Fai con calma, io ti aspetterò al centro. Oggi è la tua giornata, il tuo arrivo e la tua partenza.» Sorride, mi deposita un leggero bacio sulla bocca, si gira e va all'interno.

Con complessità alzo le braccia e con le mani chiudo l'ascolto, eppure lei entra, la canzone urlata si proietta come una cannonata all'interno di me. Devo arrivare lì per non sentirla più: per trovare me, le gardenie, la mia carne, l'amica, il grande gelato e… lui.

Inizio il percorso, me l'ha spiegato tante volte e spero di riuscire. Striscio sul pavimento di cemento duro, freddo, umido e lercio per i miei vomiti, piscio e brodi vari che non mi ha permesso di mangiare: non ero pronta, diceva.

Annaspo in tutto questo e avanzo piano, trascinando con me tutto il lerciume.

La catena ha divorato la caviglia. Da un paio di giorni l'ha sganciata, ma non l'ha tolta, malgrado le mie suppliche. Questa e altre lesioni non mi permettono di alzarmi.

Farò l'ultimo cammino stesa.

Mi aggrappo allo stipite dell'entrata, le mani si chiudono con difficoltà, un dolore acuto mi arriva sulle dita, ma devo farcela, devo iniziare. Mi isso, strascino la mia forma senza più un minimo di ciccia: è evaporata. Le braccia tremano per lo sforzo: determinata devo continuare. Rotolo di lato, entro e mi trovo attorniata dal rosso.

Con sguardo semichiuso, guardo in tutte le direzioni, non vedo altro che un prorompente e fastidioso scarlatto: sotto di me, sopra, ai lati. Un lucente, abbagliante rosso.

Sono nel labirinto.

Così ci impiegherò troppo tempo, lui si stancherà di aspettare.

Devo alzarmi, cercare di raggiungerlo il più in fretta possibile, più in fretta che mi permette il mio corpo.

Mi addosso all'angolo, appoggio le mani sul pavimento laccato, provo a fare forza spingendomi e seguo la parete, tentenno, provo un'atroce fitta a tutta me. "Dai", mi dico: "devo farcela. Dai Berenice non mi mollare proprio adesso. In quel posto dove andrai troverai la pace. Forza per diamine… forza!"

Esercito un immenso sforzo, oscillo ma sono su; tutto il carminio turbina attorno a me. Nell'immediato le gambe vacillano e sbatto di nuovo sul pavimento. Un'imprecazione arriva alle labbra, nel fulmineo istante la blocco: lui non vuole. Le braccia si posano sul viso e disperata ancora piango, i sussulti scuotono l'esile corpo. Cresce rabbia e frustrazione e serro i denti.

Ok, riprovo.

Porto il mio corpo in tensione, testa, mani, braccia, gambe.

A tutte le parti ho ordinato di muoversi, di non arrendersi proprio adesso che siamo arrivati alla fine del gioco.

La bocca mi regala un ghigno, ci sono riuscita.

Addossata alla parete, faccio un respiro profondo e metto un piede in avanti, mi cade qualcosa dalla tasca, rimango a guardarlo. La sua forma mi penetra all'interno delle sfere oculari e ascolto il cervello chiedersi che cos'è. La sagoma mi è familiare; una stridula risata nasce dalla bocca. No, dalla pancia, dice: è un cucchiaio!

Mi piego con fatica, allargo le gambe per stare in equilibrio e al terzo tentativo lo prendo, speranzosa di poterlo usare per un po' di minestra.

Proseguo lenta e trovo pareti, mi volto e ancora pareti; faccio un passo indietro, tasto con le mani, sento una via, mi addentro e avanzo. Il frastuono della musica si ripete e io? Io la cadenzo con lo stridio della catena.

Mi sento sconsolata, ho fatto avanti e indietro parecchie volte, credo che aspetterò qui un poco. Mi rimprovero: "Vai avanti non ti fermare sennò saresti perduta. Dai forza Berenice, troverai amore, cibo e… pace. Non ti arrendere!"

È ovunque questo colore maledetto non mi fa ragionare; non riesco a capire dove sono e se sto andando verso il centro o in quale altro punto.

«Dove sei, dove stai!» urlo con tutto il fiato che ho in gola.

Faccio fatica a percepire la mia voce, questa maledetta musica me lo impedisce.

Oramai c'è in ogni anfratto, in tutti i grovigli della mia mente e non perdona la mia lentezza. Qui è tutto dannatamente uguale, cosa posso fare per capire? Dai Berenice so che sei anche intelligente: cosa puoi fare per capire che di qua sei già passata! Alzo gli occhi al rosso del soffitto e la mia mente esplode. "Il cucchiaio. Berenice usa il cucchiaio." Sorrido compiaciuta.

Capitolo 10

Ancora risuonavano nelle orecchie le parole. «Giulia, è lui.» La notte non aveva chiuso gli occhi e al mattino ebbe una necessità violenta di dirigersi al supermercato. Guidò con frenesia, parcheggiò di corsa ed entrò di fretta nel locale. Il nome di Berenice associato a Leonida risuonava nella sua mente in continuazione, inverosimile.

Un collega la notò. «Oh, Giulia, che ci fai da queste parti? Non è il tuo turno.»

Non rispose e proseguì senza fermarsi, guardandosi intorno in preda a confusione e agitazione. Percorse ripetutamente i corridoi del supermercato e dell'intero centro commerciale.

Disorientata, ritornò sui suoi passi e controllò ogni angolo. Uscì dai magazzini e si diresse verso la stanza delle macchinette, ma nemmeno lì riuscì a scorgerlo. Qualcuno cercò di trattenerla chiamandola, ma tutto sembrava ovattato. L'unico obiettivo era trovarlo.

Con uno strattone si liberò dalla presa di chi cercava di fermarla e proseguì. Decise di entrare negli spogliatoi maschili, fregandosene delle parole e degli sguardi che avrebbe suscitato.

Ansimando, guardò all'interno, non scorgendolo chiese a gran voce: «Qualcuno ha visto Della Vecchia?»

Un collega cercò di calmarla, dicendole di sedersi e chiedendole se avesse sete. Giulia sentiva la gola secca, le gambe vacillanti. Una persona in mutande le porse un bicchiere d'acqua. Con mani tremanti portò il bicchiere alla bocca, bevve avida e ne chiese un altro, questo lo centellinò.

Vincenzo, l'amico sedutosi accanto a lei, la guardava preoccupato. Quando finì il secondo bicchiere, le chiese se si era calmata un po' e perché cercasse Leo. La voce di Gaetano si alzò nel frastuono dicendo che era giunto il momento di iniziare a lavorare.

Il collega alzò la mano per chiedere un attimo di tempo per valutare la situazione, sperando che lei si calmasse e gli raccontasse cosa la stesse turbando.

Giulia sentì la necessità di parlare. «Devo vedere Leo, devo chiedergli cosa ne ha fatto di Berenice.»

Vincenzo alzò un sopracciglio, allontanò il viso per guardarla meglio.

Lei si avvicinò al suo orecchio, parlò piano. «Lo so è assurdo, ho avuto delle informazioni.»

Sbalordito la prese per le spalle e sussurrò: «Vuoi dire che il nostro Leo può essere Taro Dimas, il ricercato? Ma sei fuori… impossibile!»

Si guardarono attorno consapevoli della delicata situazione. Erano soli.

Lei gli chiese a bruciapelo: «Sai dove abita? Vado da lui.» Era già alzata quando l'altro rispose che non lo sapeva esattamente, ma di sicuro in direzione le avrebbero potuto dare quella informazione.

Benché lo trovasse illogico decise di accompagnarla, rifiutandosi di lasciarla andare da sola, sicuramente avrebbe combinato qualche cazzata. Mentre la inseguiva verso l'ufficio del personale le disse ancora svariate volte che era veramente improbabile. «Un uomo così perfetto, comunque Leo, nonostante abbia una bella reputazione, ha già un amore, ma nessuno sa chi sia. Tutti l'abbiamo interrogato su quel nome che sta all'interno del cuore tatuato.»

Giulia si bloccò. «Vince', guardami dritto negli occhi» gli diede uno strattone. Con voce isterica. «Ho detto guardami! Che nome, Vince' che nome!»

Consapevole che quella rivelazione potesse essere legata alla sparizione, si portò una mano tra i capelli, con un fremito disse: «Bertilla.»

La strada la percorsero in silenzio, nessuno dei due aveva il coraggio di frantumare quella debole ma concreta acquisizione. La radio era accesa, ma le loro orecchie avevano seguito la voce delle indicazioni stradali. Avevano dovuto percorrere molta strada, uscire dal centro, proseguire verso la periferia, inoltrarsi tra i campi di grano, soia e una immensità di coltivazioni di girasoli, in quel momento non erano apprezzati.

Percepivano la confusione mentale di entrambi, si sentivano smarriti in una verità assurda, ma con una grandiosa speranza nel cuore. Si diressero verso le colline che segnavano il confine tra quella regione e un'altra, prima di salire trovarono la casa.

Fino a quel momento non avevano avuto paura, ora l'avvertivano, a Giulia sembrava un suono acuto e persistente che toccava i suoi nervi tesi come i fili degli aquiloni tirati dal vento. Vincenzo si guardava attorno pensando di essere stato imprudente seguire l'impulso. Fecero il giro, osservando l'intera abitazione; lui disse: «Cristo che reggia.»

Lo fulminò con lo sguardo e fece il segno del silenzio.

Con sgomento controllarono ogni dettaglio: casa era chiusa, niente auto parcheggiata, nulla che manifestasse che dentro ci fosse qualcuno.

«Entriamo nel giardino?» bisbigliò lei.

«Invece perché non chiamiamo la polizia?»

«Per dire cosa? Per riferire che ha un tatuaggio a forma di cuore? Non mi sembra un granché! E poi ha già parlato con la polizia e non l'hanno trovato sospetto.»

Si aggrapparono all'edera cresciuta a dismisura sulla cancellata meno visibile, Vincenzo l'aiutò a scendere e si trovarono nell'enorme giardino con aiuole stracolme di rose profumate, camminarono abbassati e piano per non fare rumore dei propri passi sui viali di sassi. Sull'altro lato trovarono una siepe di bosso, era tagliata a circa un metro da terra a forma quadrata, notarono che all'interno c'erano dei sentieri.

«È un labirinto» ammonì Vincenzo.

Proseguirono verso l'entrata, salirono i cinque gradini tenendosi sui lati, osservandosi con occhi fuori dalle orbite, ascoltando se ci fossero impercettibili rumori. Giulia deglutì a fatica, Vincenzo ancora maledì sé stesso. Provarono a spingere l'entrata. Controllarono alcune finestre... nulla. Tutto era chiuso.

«Forse ha altre abitazioni?» dichiarò Giulia mentre si accingeva a riscavalcare la cancellata.

«Boh, non capisco più nulla, sembrava una persona a posto, uno con quei modi, sempre affabile con tutti, ma spero che non sia lui. Torniamo in città?»

«Aspetta, ora che ci penso, ho una persona che conosco, forse ci può aiutare.» Fece scorrere la rubrica sul cellulare e fece partire la telefonata. «Ciao Stefania, mi daresti l'indirizzo di tua zia?»

«L'hai trovato?»

«No!»

«Quale zia?»

«Quella che lavora per lui.»

Varie volte aveva fatto squillare la chiamata, non aveva mai risposto. Decisi si diressero nell'abitazione, suonarono svariate volte alla porta.

«Che sia uscita?» disse il collega.

«Spero di no.» ammise, oramai spazientita.

L'entrata del condominio era aperta, quando arrivarono nell'appartamento lei sì appoggiò pesantemente sulla porta, emise un sospiro e aggiunse: «Ho una voglia matta di una sigaretta, ho sonno, sono stanca e ho paura di quello che potremmo scoprire, se siamo ancora in tempo, o se oramai è troppo tardi.»

In quell'istante sentì un giro di chiavi, si scansò, si affacciò Daniela piangente e quando capì che era Giulia l'amica di Stefania, si scaraventò tra le braccia, mormorando: «Aiutatemi, vi prego aiutatemi, Anna è in pericolo.»

Vincenzo prese il cellulare, una serie di telefonate e messaggi gli arrivarono negli occhi, l'aveva messo in silenzioso, urlò: «È ora di chiamare 'sta cazzo di polizia! Immagino che siate d'accordo!»

Daniela chiuse le mani al viso, piangente con un filo di voce. «No per carità. Anna è in Grecia, ignara di tutto.»

«Daniela, avviso tua figlia.»

«Disgraziatamente abbiamo i cellulari sotto al suo stretto controllo, per questo non vi ho risposto.»

Non riuscirono a tenerla, si accasciò a terra, le cadde il cellulare accendendosi, sugli occhi arrivò l'immagine di Anna tra le braccia di un uomo. Avvolgeva le spalle di lei, evidenziando un abbraccio che trasmetteva una profonda apparenza di sicurezza. L'intensità e la delicatezza di quel gesto promuoveva un legame profondo e un desiderio sincero di prendersi cura di lei. Lui era decisamente diverso da Leonida: portava gli occhiali, i capelli erano più chiari, ma aveva il medesimo sorriso.

Lui che ti colpisce come un pugno in pieno viso. Lui che all'inizio non credevi e poi ti sei ritrovata a onorare. Lui che, prima degli occhi, ha preso il tuo sorriso, poi il cervello senza capire. Non avresti scommesso un centesimo sull'amore e ora lui possiede la tua sostanza. L'uomo a cui urleresti le peggiori parole, daresti i calci più aggressivi, per poi, se te lo permette, avvicinarti, baciarlo e non lasciarlo più andare. L'individuo a cui hai detto, per un piatto di minestra: «Sono la tua donna, sono Bertilla.» a cui poi hai perdonato tutto e ti sei data la colpa di tutto. L'individuo che abbracceresti perfino senza braccia, a cui hai dato e per te non è rimasto niente. L'idiota per cui hai versato lacrime e per cui ne verseresti ancora di più. Lui è unico ed è il mio condannato amore.

Non ho una ringhiera, né una finestra per lasciarmi andare alla libertà, al silenzio, alla luminosità di quella giornata di maggio senza nuvole, o in quella notte senza stelle. Lasciarmi andare e basta, nell'infinito spazio libero della non esistenza. Lasciarmi andare per non sentirsi sola, senza carne, senza gravità, senza una destinazione, senza più oscurità da scrutare, senza luce da dominare, senza canzone da ascoltare. Semplicemente senza agire: morirò per te. Priva di ragioni per obiettare, mancante di narrazione del passato, spogliata dell'avvenire: evaporare. Non sento più l'io, la cellulite, non credo di essere capace di gustare il gelato, provo disgusto da quanto lo stomaco è vuoto.

Ho voglia di vedere Giulia, il piccolo sorriso mi procura delle lacerazioni alle labbra. Non ho più lacrime da piangere, gli occhi sono il deserto in me.

Lo stupore nasce ripensando a mia madre, convinta la caccio, ma lei ritorna, mi parla in quel modo inconfondibile: quanto mi manca, quanto vorrei chiederle perdono di tutte quelle cose che ho fatto per farla imbestialire. Forse ci assomigliavamo troppo: la causa del nostro tormentato rapporto. Ci specchiavamo nella stessa immagine. Io non volevo vederla in me e lei immagino lo stesso. Mamma, vorrei risentire pronunciare il mio nome da te. Vorrei questo ultimo regalo, prima di fare il mio dono a lui.

Volevo fargli una bella sorpresa, volevo essere presentata ai suoi amici, perché sono la figura femminile più importante e sicuramente l'unica. Invece, ho visto il suo sguardo acido. Continuavo a sorridergli, ma lui mi ha accompagnato al cancello. Era rigido, teso; che si sia ammalato di qualche strano virus? Sono sempre stata attenta al suo benessere, il mio amore per lui non ha fine. Quando tornerà sarà sicuramente quello di sempre, mi strapazzerà di coccole e io gli donerò ogni mio centimetro. Lo vedrò a occhi chiusi succhiare il nettare dell'affetto. Siamo e saremo per sempre uniti.

La donna si asciugò le lacrime, guardò il suo adorato quadro con i cerchi a spirale, raccolse i capelli con un fermaglio e si mise a cantare la loro canzone preferita.

«Dimmi chi sei... amore dei giorni miei... amoree.»

Percepì un brivido alle spalle. Con la voce che le usciva, si girò e incontrò gli occhi del figlio. Le si spense in gola il suono, deglutì e sussurrò: «Amore, sei arrivato, che bello! Andiamo di là a fare i nostri giochini, so che ti piacciono molto.» Deglutì ancora, mai aveva visto quelle pupille puntate su di lei, mai l'aveva sentito così rigido e lontano.

Lo vide aprire la bocca e ascoltò per la prima volta le sue urla: «Come hai osato farti vedere e soprattutto parlare di noi due!»

«Scusa, non dovevo. Taro, amore mio, come posso rimediare? Vuoi del latte da succhiare?»

«Desidero fare con te un giro nel labirinto.»

«Certo, mi metto le scarpe.»

«Vieni così, con quel vestito verde, lo sai è il mio preferito.» Lo sentì addolcirsi, vide l'intensità dello sguardo rasserenare e spuntare uno stupendo sorriso. «Scioglili, li voglio sentire aderire al viso.» Avvertì le sue dita tra le ciocche penetrare tra i capelli, accarezzare il cuoio capelluto. Lo vide chiudere gli occhi mentre passava ogni ciocca rossa sul suo volto.

«Andiamo in camera?»

«No! Andiamo nel nostro posto. Ci vuoi venire, Bertilla?»

«Sì, con tutto l'amore che possiedo.»

«Ti aspetterò al centro.» Lo sentì dire quelle parole mentre l'emozione lo faceva piangere di gioia.

Lo conosceva bene, sapeva perfettamente quale via portava al centro, quante volte l'avevano percorsa insieme correndo mano nella mano. I cespugli che formavano le siepi erano cresciuti con lui, insieme avevano piantato quelle minuscole pianticelle; Taro l'aveva disegnato sul terreno, lei aveva scavato il solco, insieme le avevano deposte e rimboccate di buona terra. Ora erano più alte, oltre la sua statura, le innumerevoli foglioline erano di un rosso splendente, quasi accecante. Taro le aveva scelte.

Bertilla si meravigliò del fresco, all'ombra di quelle piante avanzava piena d'amore, incedendo in quelle vie, e sentì il suono melodioso della sua voce: «Bertilla, mamma, dove sei?»

«Arrivo, tesoro.» dichiarò con furore.

«Forza, mamma! Dimmi chi sei... amore dei giorni miei... amoree.»

La donna si unì in un dolce duetto: «Dimmi che mai... non mi lascerei mai. Dimmi chi sei, respiro dei giorni miei d'amore. Dimmi che sai, che non mi sbaglierai mai. Dimmi chi sei... il mio unico grande amore.»

Capitolo 11

Ho evitato i corridoi con le pareti segnate, credo di essere quasi arrivata, percepisco un profumo di concezione. Spero di trovare quello per cui sono nata.

Per tutto il tragitto sono stata piegata dalla sofferenza, ma ora devo alzare la testa, devo entrare nel centro eretta.

Lo vedo, è seduto... fischietta il ritornello.

I miei occhi si riempiono di lui e del cibo che porta in una ciotola proiettata verso me. «Vuoi?» Non aspetto oltre e mi immetto. Divoro con gli occhi quella creatura e con la bocca il pane nel brodo. Quasi mi strozzo dall'ingordigia. Emetto qualche colpo di tosse, la sua dolce voce mi raggiunge: «Piano, piano Bertilla, non soffocare.»

Sono pazza di lui. Con il tovagliolo mi pulisce gli schizzi che ho sul viso, quei gesti li decifro: "con infinito amore."

«Hai bisogno di altro? Stupendo amore mio.» Scrollo la testa e credo di sentirmi felice. «Amore, alza il piede che ti tolgo la catena.»

Sono seduta a terra con il viso appoggiato sulle sue gambe, faccio una specie di piroetta, alzo e gli offro il piede.

Inserisce la chiave nel foro dell'anello di ferro, la gira tre volte e la toglie dicendo: «Amore, ti sei ferita per me?»

Sorrido, orgogliosa di quei segni. «Sì.»

Avvolge la ferita con un morbido panno sorridendo. «Bertilla, sei stata brava, hai ubbidito, hai pianto e riso per me. Hai accettato le mie richieste, hai lavorato con passione e sacrificio. Ne sono lusingato e felice. Sei diventata quello per cui ti ho creato. Vuoi farmi l'ultimo regalo?»

«Sì.»

«Sei pronta a essere mia per sempre.» Acconsento con decisione. «Bene, ti preparo e… lasceremo parlare la bellezza.»

Distolgo momentaneamente lo sguardo dalla sua persona e vedo nell'angolo una tinozza d'acqua. «Per me?»

«Sì Bertilla, siediti e lasciati purificare, dovrai essere adatta per me.»

Con amore mi spoglia, piano con gesti eleganti, lui non mi guarda, ha gli occhi chiusi come fosse in un'altra dimensione e mi sembra che stia veramente assaporando questo momento magico. Con dedizione passa la spugna sul mio corpo nudo.

In questo momento siamo oltre ai baci, anche oltre all'idea del sesso, benché esitiamo.

Dolcemente mi asciuga e mi veste.

Apre gli occhi, noto che ha le lacrime, immagino di commozione, e mi guarda tutta.

Anch'io mi guardo in questa veste di un verde sbiadito, un po' troppo larga per me e non più di moda, una così l'avevo vista solo a mia madre, forse è quello che aveva in casa.

Comunque gli sono grata, gli sono debitrice per tutto quello che ha fatto per me. Lo guardo che sorride, il sorriso più bello del mondo. «Bertilla, amore. Sei pronta per me?»

Ripeto l'affermazione convinta. Sento la felicità salire e una mia lacrima cancella tutto: musica, dolori, muri, porte chiuse, spirali, il fiammeggiante labirinto.

Tutto, proprio tutto tranne lui e... io.

Con gesti eleganti si alza, con lentezza si toglie la camicia bianca. Il mio corpo sussulta, ogni mia cellula è attiva... freme. Vedo che si accarezza il braccio dove c'è il cuore e il mio nome. Quello che lui mi ha dato nella nuova vita. Quello per il quale lo adoro.

Non oso nemmeno guardarmi attorno: lui, i suoi gesti, sono molto più interessanti, emozionata mi mordo il labbro e mi sento preparata.

«Bertilla, è arrivato il tuo momento, lo dedichi a me?»

«Si, amore.»

Prende la catena, tiene le due estremità. «Bertilla, donami il tuo collo.»

Mi sporgo verso di lui, alzo la testa, allungo il collo e... sento il tintinnio delle catene avvicinarsi e nello stesso istante un urlo. «Ti amo, mamma!»

Quella intonazione percorre ogni mia particella di vita, fa emergere sensazioni nocive e... per tutto mi sono indignata. In quell'attimo ho capito.

Allacciata dalla ferraglia che stringe sempre più, sempre di più chiudendomi la gola, annebbiando la vista, trapassando l'anima. Percepisco i miei ultimi istanti di esistenza. Benché il cervello sia ancora vigile, attivo e pensa, pensa.

I fotogrammi della mia vita si proiettano davanti, vedo: il sorriso di Giulia, il non sorriso di Tania, il saluto cordiale di Beppe, il terrazzo riempito di piante e odo il mio fiore sussurrare: «Berenice che stai a fare. Dai torna a casa, sto morendo.»

Sento l'agonia giungere, vedo mia madre e il suo sguardo da rimprovero accompagna la voce. «Basta mangiare tutta questa quantità di cibo, sei già grassa.»

Infuriata, ho compreso che ho voglia di quell'enorme gelato e che non voglio più morire perché... perché sono Berenice e non Bertilla, non sono sua madre.

Annaspo per cercare ossigeno, annaspo per cercare uno spiraglio di vita.

Confusione, vortice, nebbia... nero.

Sto morendo per lui... merda, merda e ancora merda. Cerco la disperata forza, la sento salire dalle viscere, farsi strada ed esplodere con un: «No non voglio!» Acquisisco determinazione e con uno scatto lo spingo, lui non se l'aspettava e cade.

Con slancio tolgo le catene, il suo sguardo incredulo mi rimprovera.

Tossisco, respiro ansante, vomito quel po' di pasto.

Leo si alza, adesso non mi considera, lentamente si infila la camicia, poi si passa le mani sul viso e con estrema raffinatezza si rigira verso me, incrocio il suo sguardo carico di odio, carico di... come hai osato farlo. Faccio forza sui gomiti, mi sposto rasoterra e mi rannicchio il più lontano possibile, il più lontano che posso in questi due metri quadrati di rosso. Il cuore ora batte all'impazzata vuole uscire, vuole diventare prorompente.

Leonida si avvicina: ho terrore, ho ribrezzo; alzo le mani e nascondo il viso, cerco di diventare il più piccola possibile. Lui mi afferra per le spalle e mi tira su, ho di fronte il suo viso, solo qualche minuto fa, tanto amato, ma ora provo schifo.

Lui mi urla in faccia, di sicuro ha perso il controllo e il gioco. Non comprendo nessuna parola, il tutto è un insieme di infamia: occhi, voce, musica, rosso e questo maledetto gioco.

Ha di nuovo il mio collo a portata di mano, da capo sento stringere e... la mia mano indipendente non attende nessun comando, stringe con tanta forza il cucchiaio, adesso diventato fondamentale e lo affonda nella sua carne.

Avanzo piano strusciandomi sul pavimento, la caviglia ha ripreso a sanguinare, tiro dietro la gamba dolorante e piegata. Guardo attorno, come faccio a uscire da questo posto? La canzone si è inceppata: "grande amore, grande amore, grande..."

Non sono mai stata grande per lui e nemmeno un amore.

Vedo la parete segnata e mi costringe a proseguire, ordina di non arrendermi.

Nell'istante si alza una voce e sovrasta persino le note. «Mamma, dove sei? D'accordo ti piace ancora giocare, vero?» Cerco di chiudere le orecchie, non voglio ascoltare... la voce si fa più vicina e forte: «Bertilla aspetta, ho bisogno di te, aspettami non ti allontanare. Io, io ho bisogno, di te mamma.»

Il mio cervello è in fermento: pensa, esamina, cerca una soluzione, una via di fuga. La mano stringe il cucchiaio fino a farmi lacerare la pelle. Il cuore mi scappa dal petto, la mente gli impone di calmarsi, altrimenti non trova soluzioni. Sento passi incerti, credo disperati, percepisco un pianto di bambino impaurito. Odo un colpo e le pareti vibrano, ne sento un altro... poi ancora, il rosso si flette e amplifica il suono in ogni direzione, è come un lamento e lui nell'immediato: «Mamma, mammina dove sei?»

Guardo intorno con la speranza di non vederlo, non comprendo in quale lato sia, benché non lontano da qui. Con forza mi sono alzata e cammino, uso un solo piede, l'altro lo segue in una posa innaturale. Sento che percuote ancora la parete, il fracasso è orribile.

Ho le orbite spalancate impegnate a esaminare qualsiasi punto, qualsiasi segno del mio precedente passaggio. Oh, finalmente ritrovo il mio nauseante odore, sono quasi arrivata all'inizio, vedo i segni dello stipite, vedo l'entrata. Sono arrivata nella mia stanza, nella prigione. Vedo il giaciglio, la tavola, una sedia e la porta chiusa.

Desolata mi tocco la fronte: come faccio se non ho le chiavi per aprirla, devo prenderle dalla sua tasca, devo aspettarlo e se lui mi uccide. No! Non devo lasciarglielo fare. Pensa Berenice, pensa. Lo aspetto qui nell'angolo con la sedia in mano, chissà se riuscirò a sbatterla su quel suo muso tanto perfetto e tanto dannato.

La gamba trema, fa fatica a puntellare il mio peso, le braccia mi dolgono non riuscirò a reggere per tanto. Sento di nuovo il suo lamento, è vicino, forse a soli tre metri, rigurgita frasi, pianti e strida. Continua a battere le pareti, trattengo il respiro è qui.

Con decisione alzo di più la sedia, la mia arma, spero che sia sufficiente, spero di centrare il suo cuore. Sento il respiro: è accostato nel pannello opposto a dove sono appoggiata, sento tintinnare le catene, sento ridere, sento...

All'improvviso un colpo spalanca la porta, vengo investita da una quantità di luce, di vento, di dolore, non comprendo nulla e... svengo tra le braccia di qualcuno.

Sprofondo all'infinito in un vortice colorato, cado in questo pozzo; i vari segmenti alternano tonalità, cado ancora e volo. Apro le ali e rallento, riesco a guardare in ogni direzione, mi soffermo sul verde, poi mi cattura l'azzurro e scendo, scendo sempre più. I cilindri con mille sfumature si stringono e diventano piccoli, a ogni piano si riducono.

Guardo in basso e vedo un puntino nero, lo sto raggiungendo.

All'altezza mi si presenta un prorompente carminio, chiudo le ali e gli occhi... forse sto sognando. Li riapro, sono all'interno di una bolla tutta rossa, è come sangue e ci nuoto dentro. In questo liquido denso, le ali si appiccicano al corpo e cado. Volgo la testa verso l'alto, vedo un giallo potente come di cento soli, cento braccia che prima mi fermano e fluttuo nel nulla, poi attirano l'inerme mio corpo verso su; man mano che salgo, tutto si schiarisce, tutto è luce e vengo accecata: stringo gli occhi per la fitta, odo un sussurro. «Tesoro, svegliati, tesoro guardami. Berenice ritorna da me.»

Salgo, salgo e sono nella luce.

I fruscii entrano nel timpano... poi voci, risa, suoni cadenzati. «Che c'è?» Infastidita da tutto questo rumore.

«Eccola, è qui finalmente.»

Apro un occhio e il volto man mano si delinea. Giulia come sempre ride e parla nello stesso momento e comincia a baciarmi dappertutto.

Il fastidio agli occhi decresce, riesco a intravedere altri volti che si avvicinano, non metto bene a fuoco, sono intorpidita e ho freddo; un freddo che arriva da dentro, dalla mia profondità, provo a muovere la testa, mi sento bloccata, la bocca secca riceve una pezza umida: provo sollievo. Richiudo gli occhi, sento parlare forte. «Berenice, Berenice, ma dormi?»

Gli riapro e metto a fuoco: il viso di Giulia ora sta piangendo, scorgo dietro di lei Tania.

Penso a come mai è qui anche lei e i fiori chi li sta accudendo?

Da più lontano percepisco un'altra voce. «Berenice, ti sei svegliata?»

Sto sognando! "Pronuncia bene il mio nome?" «Mamma?» La voce mi esce stridula.

«Sì Berenice, sono qui.» Anche lei ride e piange, fa avvicinare alla mia traiettoria un giovane, lo guardo annichilita e cerco il suo nome. «C'è anche tuo fratello.»

«Osvaldo?»

Lui si affaccia di fronte e afferma: «Sì, Osvaldo, sono il tuo unico fratello.» Ride.

Intravedo altre persone con occhi umidi e sorrisi sulle labbra: non ricordo chi sono.

Arriva un dottore e li fa spostare. «Come si sente, signorina?»

Intravedo nel suo viso una spontanea contentezza. «Dove sono?»

«È in ospedale.»

Giro la testa e mi guardo attorno, gli altri sono usciti; con lui ci sono due infermiere. Si avvicina e dice: «Devo visitarla, è d'accordo?»

«Da quanto tempo sono qui?»

Un'infermiera mi sbottona la camicia, anche lei sorride, l'altra sporge al medico lo stetoscopio, lui lo scalda col l'alito e lo appoggia nella parte del cuore e dice: «Da due settimane.»

«Due settimane? Perché?»

«Era in coma per il colpo sulla testa.»

Istintivamente alzo il braccio libero, appoggio la mano, sento una fascia. «È grave?»

«Ora non più.» Alzando ancora gli angoli della bocca.

«Lui, dov'è?»

«Tranquilla, in prigione.»

Faccio un respiro rilassato e guardo dietro al viso del medico la flebo, seguo la serpentina che mi arriva al braccio legato. Si toglie gli auricolari e afferma: «Il cuore è a posto.»

Sorride e dice a una infermiera: «Penso che questa fortunata signorina, gradisca una grande tazza di tè con una certa quantità di biscotti.» Si rivolge verso me. «Vero?» strizzando l'occhio.

Percepisco un mio sorriso che vuole uscire mentre faccio un assenso con il capo e lui continua: «Quando si sentirà nella condizione giusta, dovrà parlare con la polizia e con lo psichiatra, ma non serve immediatamente. Per il momento si goda il risveglio e le persone che sono state qui in attesa di questo speciale momento. Le vogliono veramente bene, a domani.»

Felice e infelice, questa è la definizione giusta.

Felice: la soddisfazione di poterti chiamare per nome. Vivere intensamente la nostra canzone e lasciarsi trasportare.

Immerso nell'oceano dell'affetto è stata la mia ricompensa. Sono stato un privilegiato, avvolto in una sinfonia di carezze, baci e incoraggiamenti, plasmato su un terreno fertile di sicurezza. Educazione e valori mi hanno tessuto lezioni di vita, un cordone ombelicale di saggezza. La fiducia ha fatto da catalizzatore alla mia autostima, mentre la conoscenza ha aperto le porte alla mia curiosità, una danza intellettuale. La creatività, un'arte che mi ha rapito, il tempo, architetto di legami indelebili e ricordi impagabili.

L'autonomia e l'indipendenza sono diventate armi per affrontare le sfide e la salute è stata la musa del mio benessere fisico e mentale. L'appagamento dei percorsi circolari, per poi felici arrivare al centro insieme, è stato il compagno fedele di questo splendido viaggio con te. Ti porterò per sempre all'interno del mio cuore.

Infelice: dovevi non farti chiamare per nome, da tuo figlio, da me. A volte avrei voluto restare indifferente alla nostra canzone.

Evitare con fermezza l'abisso degli abusi, fisici ed emotivi, è stato il mio impedimento assoluto. La mancanza di comunicazione è stata un ostacolo, con il percorso verso il centro spesso irto di resistenze. Il rifiuto dell'evidenza è stato come un buio che offuscava la strada. L'imposizione di comportamenti illogici ha distillato una realtà dissonante. I costanti apprezzamenti si sono trasformati in un allattamento forzato dell'ego. E poi, la tua visita all'università, un affronto inaccettabile alla mia sfera privata. Hai perfino osato parlare di me e di te. Inconcepibile! La tensione cresce, lo stomaco che si contrae e nell'oscurità dei miei occhi chiusi, attraverso una moviola della memoria, una parte di me rivive il dolce sapore della vendetta. L'altra è dilaniata per quello che ha dovuto fare.

Sono morto!

No, respiro ancora.

Comunque, tra non molto lo sarò.

E sarò alquanto felice.

Finalmente la mia spirale è qui, è da tanto che non raggiungo il centro, giacché sono prigioniero. Tra non molto farò l'ultimo percorso, con emozione completerò il giro, troverò la via per arrivare lì: dove lo so, c'è chi mi attende da una vita. Assieme condivideremo l'altra vita.

Faremo cose folli. Sono stato messo al mondo per questo.

Un lamento confonde i miei ultimi istanti, con il pensiero lo sgrido: perché osa diffondere la sua inutile voce, ora! In questo magico mio momento? Nell'aria stagnante di questo posto, inopportuno, inadeguato e inutile per la mia persona; arrivano altri suoni: rumori di ferro, risa, urla… chiavi.

Mi distraggono e ti ripenso: sono stato al gioco, sono stato bravo e perfetto: perché non mi hai fatto l'ultimo regalo?

Io ti avevo insegnato le regole e tu!

Tu hai cambiato le carte in tavola.

Eri qui, ho dovuto chiedere, supplicare la tua presenza.

Di fronte a me, non hai aperto bocca nemmeno un grazie è uscito, malgrado che tutto quello che ti ho fatto diventare. Mi prendo la testa tra le mani e piango.

Anzi, mi hai guardato senza paura. Tu! Donna e madre alquanto insignificante. Sì, proprio tu, che non eri nessuno, hai osato guardarmi negli occhi senza un minimo di rispetto, senza veli e senza pietà mentre la tua bocca parlava. «Ora, il gioco lo conduco io e so per certo che ti ammazzerai. È onesto così! Addio.» Le guardai la schiena.

L'insoddisfazione mi copre, annaspo tra i labirinti dei miei concetti. Alle narici arriva l'odore nauseante di cibo: sta arrivando il pranzo. Spezzatino con patate, sempre uguale.

Morirò prima del suo arrivo. Un pasto così non mi è adatto.

Prendo la sedia, con i miei gesti aggraziati la pongo vicino all'inferriata, salgo e annodo il lenzuolo. Sento il suono ritmico dei piatti contro alle sbarre, è un suono assordante, prorompente e disturba il mio momento sacro. Vorrei silenzio, vorrei un po' di onorata quiete. I richiami e l'odore dei condimenti è sempre più vicino, guardo il nodo e provo nausea.

«Detenuto y-2422, il piatto.» Devo fare presto, non sopporto l'idea di dover mangiare. «Dimas fai uscire quel dannato piatto.» Come osa pronunciare quel cognome che ho ripudiato? «Taro, ok, mangerai domani.»

Sento palpitare il mio cuore, percepisco un'emozione ammantarmi dalla testa ai piedi. Con euforia, punto il dito all'estremità dell'opera.

Nessuna voce o suono riesce a penetrare, ora non glielo permetto.

Con devozione inizio a far transitare il tatto, sento la linea, la seguo, faccio i giri concentrici. Assaporo il gesto, la flessuosità del braccio e la sua grazia; proseguo la via del centro, chiudo gli occhi, gusto l'arrivo e trovo la pace.

Nell'ultimo attimo di vita: assaporo il respiro farsi fievole, fremere le gambe, rallentare il cuore e apparire te. «Ciao mamma, sono qui.»

Il resto perde importanza: sto nella gioia.

"Nella mia vita non ho incontrato soltanto le persone che desideravo, ma le persone di cui ho avuto un bisogno inevitabile: coloro che mi hanno disprezzato, coloro che mi hanno plasmato, coloro che mi hanno distrutto e coloro che mi hanno aiutato a diventare la persona che sono." Mi desto dai miei pensieri e ho finito il gelato e credo che voi avete finito di leggere la mia storia.

Adesso che avete compreso le difficoltà di persone troppo grasse, o troppo magre, troppo alte, o basse, troppo bionde, o brune, o rosse… non prendetele più in giro, non bisbigliate alle spalle, anzi, donatele un sorriso perché né hanno bisogno. Perché non sapete la loro storia e per quale motivo o malessere sono così.

Comunque, la cosa più facile è stata ingrassare nuovamente. Scusate, mi sta chiamando. «Ehi, Giulia.»

«Tesoro, sei ancora in gelateria?»

«Sì, ho appena finito di mangiare il mio gelatone, riesci a raggiungermi?»

«Tra dieci minuti solo lì da te, baci-baci.»

Lei è la mia amica smorfiosa, è lei che mi ha salvato. Oddio che smemorata, lo sapete già.

Il cellulare si illumina nuovamente.

«Buongiorno Berenice, sono Samantha, tutto bene? Le ricordo l'appuntamento per dopodomani alle quattro, abbiamo i modelli della nuova linea da farle provare e perfezionare.»

«Non mancherò, mi ricorda quando ho la sfilata a Milano?»

«La prima è il venti novembre, poi ventuno e ventidue, a dicembre l'otto, nove e dieci a Roma, le rimando gli impegni lavorativi. A presto.»

«Sempre al telefono per affari?»

«Ebbene sì.»

Ci abbracciamo strette, strette, accompagnate dai canti dei bracciali.

«Tesoro, sei una figona, anche sul giornale.» depositandolo sul tavolo.

«Ma, parlano troppo.»

«Tesoro, rimani sempre modesta.» Ferma Stefania. «Mi puoi portare lo stesso che ha preso la mia amica?»

«Certo e tu vuoi altro?»

«Si, ne porti un altro anche per me.» Ridono all'unisono.

Stefania, strizza l'occhio e continua. «Ti farò lo sconto, sei famosa.» puntando il dito sul giornale «E anche la nostra cliente più assidua.»

Giulia ripiglia il giornale, si schiarisce la voce, il tutto sottolineato dalla musica dei bracciali e afferma: «Le curvy hanno abbattuto anche l'ultima barriera: le sfilate in costume da bagno.» Mi fa l'occhiolino e continua: «Lo scorso luglio al salone internazionale di Parigi, sono salite in passerella, orgogliose delle loro misure. E hanno fatto il bis alla più recente fashion week milanese chiudendo la sfilata di Raffaela D'Amico.»

«Dai finiscila, mi fai imbarazzare.»

«Aspetta non ho finito: Senza tornare troppo indietro nel tempo, alle primissime star pin-up come Sophia Loren, Gina Lollobrigida e Marilyn Monroe. Dopo anni di anoressiche, ecco arrivare le curve in passerella. In primo piano, Berenice Lanzi.»

«No, basta.» l'emozione mi ha colorato le guance, rido e cerco di prenderle il giornale, ma lei si scansa e prosegue: «Wow, parlano di te: Candidata per la lista "Le migliori curve". Perdirindina, se non sei famosa poco ci manca! A proposito, sai, mi manchi all'isola tra i fiori, cioè non solo a me. Manchi a gran parte dei colleghi, benché tutti sappiamo che, nel tuo nuovo lavoro, sei molto apprezzata.»

Arrivano i nostri coni. Il biscotto stava in equilibrio precario sopra la panna e, a sua volta, essa stava sopra il gelato... che stava sopra al cono.

«Tania è incinta e... urlo di tamburi...» Batte sul tavolo e a momenti fa cadere i gelati.

«Non tenermi sulle spine.» Ride e continua a essere impegnata ad assaporare. «Dai sputa il rospo, di chi?»

«Di Dennis.»

«Oh.»

«Oh sì, è cambiato, ha trovato un equilibrio e di conseguenza un fiore di Tania, anche lei è cambiata.»

«Domani mattina farò un giro e vi vengo a salutare.»

«Dopo però, sei tutta per me, andiamo a rompere le palle a quelle della boutique di stronze?»

«Ma dai, scherzi?» Guarda il soffitto con aria angelica. «Affatto! E poi ci regaliamo un vestito nel negozio di taglie forti? E corriamo per le strade, tutte sbottonate?»

Finché mi dedico all'assaggio della panna, penso: "Adesso lo farei anch'io... non ho più paura di mostrare le mie curve." continuo con i vari gusti stratosferici più velocemente possibile, prima che si sciolgano.

Con la lingua.

Sento bisbigliare nei tavoli vicini.

«Ma sì, ti dico che è lei.»

«Davvero?»

«E bella anche di persona.»

«Una gran bella donna.»

«Se le chiedo un autografo, sarà disponibile!»

Sorrido compiaciuta a tutte le persone e nel frattempo prendo il tovagliolo, sento la necessità di pulirmi, sicuramente qualche goccia mi è scivolata sul mento.

Epilogo

Con un sorriso rivolto a tutti, Alessandro Montanari aspettò il segnale dall'organizzatore. «E con grande piacere, annuncio il primo Concorso.» dichiarò con enfasi, mentre l'entusiasmo del pubblico si traduceva in fragorosi applausi. «Ci troviamo qui, a Milano, nel suggestivo Palazzo Castiglioni, un esempio emblematico dell'architettura liberty, o art nouveau, ampiamente apprezzata alla fine del XIX e all'inizio del XX secolo. Questa dimora affascinante, con i suoi sontuosi ambienti decorati, ci accoglie oggi per la presentazione delle meravigliose concorrenti in gara!»

Il presentatore scatenò una risata contagiosa, mentre, con slancio, sbottonò la giacca e arrotolò le maniche. Riprendendo il microfono, proclamò con fervore: «So che tutti voi siete impazienti e ansiosi di ammirarle. Le nostre concorrenti arrivano da ogni angolo del mondo: sono loro le protagoniste, le donne dalle curve mozzafiato.

Preparatevi a essere incantati dalle brune di Sicilia, dalle castane del Veneto, o della Romagna, dalle bionde dell'Alto Adige, dalle rosse provenienti da tutto il mondo e così via. Anch'io non vedo l'ora, come ogni altro spettatore qui presente, venuto appositamente per assistere a questo straordinario evento.»

Con queste parole, il presentatore catturò l'attenzione e l'entusiasmo di tutti, aprendo le porte al concorso che avrebbe premiato "Le migliori curve", creando un'atmosfera di trepidante attesa e grande occasione.

Informazioni sull'autrice

Emanuela Franceschin è nata e risiede nella provincia di Venezia. Fin da giovane ha trovato nell'espressione artistica la sua fonte di benessere, attraverso la poesia, la pittura, la danza e il teatro. La creatività ha sempre guidato ogni suo gesto, che si tratti di apparecchiare la tavola, esporre i prodotti biologici, di cui è commessa, o esplorare le profondità della sua anima tramite la scrittura. A sessant'anni ha attraversato un periodo difficile, ma la sua famiglia e la scrittura l'hanno salvata. Nel 2021 ha avuto il privilegio di pubblicare il suo primo romanzo, "Perdersi", un'opera preziosa che ha segnato l'inizio di una nuova fase della sua vita. "Tra le rose" è un altro frutto del suo impegno, che porta un messaggio di speranza, proprio come le rose che sbocciano nonostante le spine. "Labirinto" è il suo terzo romanzo. Questa narrazione non è solo una storia, ma un viaggio attraverso oscurità e luce, perdita e scoperta, il cui significato è stato plasmato dalle persone incontrate dalla protagonista.

Contatti

Se volete essere aggiornati sulle prossime uscite e altre novità. Seguitemi su Facebook,

https://www.facebook.com/groups/palestradiscritturacreativaest ilegratuita

Contattatemi via e-mail:

emanuelafranceschin.autrice@gmail.com

emanuelafranceschin.61@gmail.com

Labirinto – Emanuela Franceschin